DREAMBOOKS

DREAMBOOKS★

DREAMBOOKS★

마왕

ORIENTAL FANTASY STORY & ADVENTURE

요도 김남재 신무협 장편소설

마왕 19 (완결)

초판 1쇄 인쇄 2018년 9월 10일
초판 1쇄 발행 2018년 9월 20일

지은이 요도 김남재
발행인 오영배
기획 박성인
책임편집 이대용
표지 · 본문 디자인 권지연
일러스트 나래
제작 조하늬

펴낸 곳 (주)삼양출판사 · 드림북스
주소 서울시 강북구 도봉로 173
대표 전화 02-980-2112 **팩스** 02-983-0660
편집부 전화 02-980-2116 **팩스** 02-983-8201
블로그 blog.naver.com/dreambookss
출판등록 1999년 3월 11일 제9-00046호

ISBN 979-11-283-9469-0 (04810) / 979-11-313-0507-2 (세트)

+ 이 도서의 국립중앙도서관 출판시도서목록(CIP)은 서지정보유통지원시스템홈페이지(http://seoji.nl.go.kr)와 국가자료공동목록시스템(http://www.nl.go.kr/kolisnet)에서 이용하실 수 있습니다. (CIP제어번호: 2018028728)

마왕

19

요도 김남재 신무협 장편소설

ORIENTAL FANTASY STORY & ADVENTURE

dream books
드림북스

목차

1장. 생사

— 우리가 이득이거든

환야를 대신하여 고경천의 검강을 몸으로 직접 받아 버린 유영인.

쓰러져 있는 그녀를 본 환야는 넋이 나간 듯 뒤도 보지 않은 채 그녀에게 달려갔다.

부들거리는 몸과 점점 흐릿해져 가는 눈동자.

더군다나 연달아 터져 나오는 피는 유영인의 상태가 얼마나 좋지 않은지를 말해 주는 듯했다.

유영인에게 관심이 쏠려 있는 지금이 기회라 여긴 고경천은 재차 환야에게 일격을 가하려 했다.

그렇지만 후속 공격을 날리려던 계획은 실패로 돌아갔다.

일격에 주변에 달라붙어 있던 무인들을 떼어 낸 달치가 득달같이 달려온 탓이다.

그가 부웅 날아오르더니 그대로 고경천을 향해 주먹을 휘둘렀다.

빠억!

검을 세워서 그 공격을 받아 낸 고경천의 몸이 사정없이 뒤로 밀려 나갔다. 그리고 달치의 주먹을 정면으로 받아 냈던 검이 산산조각 부서져 내렸다.

고경천은 얼얼한 손바닥과 부서진 검을 바라보며 표정을 구겼다.

'뭐 이런 무식한 힘이…….'

순식간에 고경천을 밀어낸 달치는 환야를 지키겠다는 듯 그의 앞에 선 채로 커다란 어깨를 쫙 펼치고 위압스러운 기운을 뿜어내고 있었다.

환야를 지키기 위해 버티고 서 있는 달치.

그렇지만 달치의 상태도 좋지 못한 건 당연했다.

단신으로 우치를 비롯해 수많은 무인들과 상대했던 그는 이미 온몸이 만신창이였다.

몸에 생긴 상처는 세기 어려울 정도로 많았고, 검과 부러진 창마저도 팔과 다리, 복부 부분에 박혀 있었다.

얼굴은 이미 피로 범벅이었고, 목 부분에 생긴 상처에서도 출혈이 계속되는 중이었다.

달치가 어깨에 박혀 있던 부러진 창을 뽑아 바닥에 내팽개치며 씩씩거렸다.

"달치가 있는 한 환야 못 건드린다!"

몸에 박힌 창을 스스로 뽑아내는 순간 분수처럼 터져 나온 피. 그러면서도 마치 커다란 태산처럼 버티며 뿜어내는 그의 기백에 이쪽으로 달려들던 무인들이 기세에서 밀린 듯 주춤거렸다.

그런 달치의 모습을 지그시 바라보던 고경천이 옆에 있던 우치를 향해 슬쩍 말했다.

"계획이 좀 틀어지긴 했지만…… 이 정도면 성공으로 봐야겠지?"

흑백쌍존 중 백노와 환야의 목숨을 바꾸려 했다.

목표했던 환야는 멀쩡한 상황이지만, 그 대가로 유영인을 제거한 셈이니 달라진 건 아무것도 없다. 어차피 누가 먼저 죽느냐의 차이일 뿐이니까.

어찌 됐든 상관없다는 듯한 고경천과 우치의 태도.

허나 그런 그 둘의 옆에 있던 흑노는 달랐다.

"이, 이게 무슨 짓이란 말이오! 고 회주!"

죽은 백노의 시신 앞에서 흑노가 붉게 물든 얼굴로 소리쳤다. 쌍둥이 동생인 백노를 아무렇지 않게 죽음으로 내몬 그의 행동에 분통이 터진 것이다.

허나 버럭 소리를 지르는 그를 향해 고경천은 오히려 짜증 섞인 표정을 지어 보였다.

"왜? 다행이라고 생각해야 되는 거 아냐? 운 좋게 네가 살았으니까 말이야."

고경천의 그 말에 흑노는 알 수 있었다.

'……이놈들에게 나는 인간조차도 아닌 게로구나.'

그저 하나의 패.

필요하면 아무렇지 않게 버려 버리는 그런 장기판 위에 있는 하나의 말과 다를 게 없었다. 그리고 그저 가까이 있었다는 이유만으로 백노는 버려지는 패가 되어 버렸던 것이고.

치밀어 오르는 분노, 그렇지만 흑노는 참아야만 했다.

화를 내는 것도 힘이 있어야만 가능한 것이다.

고경천과 우치를 어찌할 수 없는 지금 화를 낸다는 건 자신의 목숨마저 위태롭게 만드는 짓이라는 걸 잘 알고 있다.

그렇게 흑노가 애써 화를 내리누르는 그때 환야는 조심스레 유영인의 등을 받쳐 그녀를 일으켜 세우고 있었다.

"정신 차려…… 정신 차리라고!"

악에 받친 듯 소리치는 환야. 그런 그를 바라보며 유영인이 다시금 힘없이 웃었다. 그리고 그와 함께 무거운 입술을 옴짝달싹하며 힘겹게 말을 꺼냈다.

"……미안."

짧은 한마디.

그렇지만 그 안에 담긴 많은 말들이 환야의 가슴을 후벼 팠다. 환야가 고개를 도리질 쳤다. 거의 울 것 같은 얼굴로 그가 중얼거렸다.

"미안하긴. 대체 뭐가 그렇게 미안해."

"그냥…… 전부 다."

그 말과 함께 유영인의 입에서 다시금 터져 나오기 시작한 피가 그녀의 머리를 감싸 안은 환야의 팔목까지 적셨다.

뜨거운 피가 흘러내리는 팔목의 감촉을 느끼며 환야는 이를 악물었다.

환야가 조심스레 그녀를 다시금 바닥에 눕혔다.

"……누님, 기다려."

환야가 자신의 무릎을 손으로 짚으며 힘겹게 몸을 일으켜 세웠다. 그가 가볍게 손을 움직이자 소매 안에 감춰 두었던 비수가 빨려 들어가듯 손가락 사이에 모습을 드러냈다.

이곳에서 살아서 나갈 자신은 없다.

하지만…….

"누님을 이렇게 만든 저놈의 배때기에 구멍을 내는 걸 보여 줄 테니까."

고경천, 저놈만큼은 죽이고야 만다.

가능하다면 자신이, 그게 안 된다면 달치가 죽여도 좋다.

유영인을 저 꼴로 만든 고경천이 죽어 가는 모습을 어떻게든 그녀에게 똑똑히 보여 주고야 말 것이다.

환야가 버럭 소리쳤다.

"고경천!"

자신을 향해 살기를 뿜어내는 환야를 바라보던 고경천이 코웃음을 쳤다.

"왜? 죽어 가는 네 누이가 살려 달라고 빌기라도 하디?"

"그럴 리가. 조금 다쳐서 쉬고 있을 테니 네놈 목을 따서 가져와 달라던데."

"……속을 긁어 대는 게 유영인과 빼다 박았군."

상황이 이런데도 불구하고 도발을 해 오는 환야의 행동에 고경천은 눈을 부라렸다. 그러고는 이내 부러진 검을 휙 집어 던지고는, 가까이에 떨어져 있는 무기를 집어 들었다.

주워 든 검을 가볍게 휘둘러 본 고경천은 그럭저럭 쓸 만하다 여겼는지 고개를 끄덕였다.

그러고는 검으로 환야를 겨눈 채로 말했다.

"어디 죽일 수 있다면 죽여 봐."

그 말과 함께 환야의 모습이 사라졌다.

스르륵.

모습을 감춘 환야, 그리고 그런 그를 대신해서 달치가 벼

락같이 달려들었다.

쿠쿠쿠쿵!

땅을 강하게 밟으며 달려들던 달치가 그대로 허공으로 껑충 뛰어오르며 주먹을 내리꽂았다. 간단해 보이는 움직임, 그렇지만 그 안에 담긴 힘을 경험해 봤기에 고경천은 결코 얕볼 수가 없었다.

주먹에 휘몰아치는 내력.

그리고 이내 그 내력은 회오리가 된 듯 강맹한 기운을 뿜어내며 주변을 휩쓸었다.

쿠콰콰콰쾅!

달치의 주먹이 날아오는 방향을 시작으로 하여 주변의 땅이 파도처럼 갈라졌다.

주변에 있던 이들은 휩쓸려 나가떨어질 정도의 파괴력!

그런 그의 공격을 막아 내기 위해 우치가 움직였다.

우치가 성큼 고경천의 앞으로 달려들며 팔에 내공을 끌어모았다.

순간적으로 팽창하듯 부풀어 오른 우치의 손이 달치의 주먹을 받았다.

쿠아앙!

둘의 손이 충돌하는 순간 흩날리는 흙먼지들.

그 사이에서 사라졌던 환야의 모습이 유령처럼 솟구쳤다.

슈욱!

비수가 빠르게 우치의 목을 노리고 날아들었다. 그렇게 비수가 막 그를 꿰뚫으려는 순간 뒤편에 있던 고경천의 검이 그 공격을 받아 냈다.

파앙!

비수를 쳐 낸 고경천은 곧바로 환야를 향해 다시금 검을 움직였다. 뱀처럼 휘어들어 가는 공격이 가슴을 파고들려 하는 그 순간 달치의 발이 그의 팔을 걷어찼다.

검을 든 손이 밀려나는 그곳을 향해 빠르게 밀고 들어가는 환야.

그렇지만 그런 환야의 어깨를 이번엔 우치가 후려쳤다.

퍽!

몸을 움츠리며 충격을 최소화한 환야가 살짝 뒤로 밀려나는 사이 우치를 향해 달치가 주먹을 휘둘렀다.

비어 있는 옆구리에 틀어박힌 달치의 일격.

우치의 표정이 사정없이 일그러지는 그때 이번엔 고경천의 검이 달치를 향해 움직였다.

스팟.

검이 팔뚝 아래를 쭉 베고 지나갔고, 동시에 피가 터져나왔다. 그 순간 밀려 나갔다가 재차 달려들던 환야의 비수가 고경천의 무릎에 틀어박혔다.

고경천이 움찔하며 허리를 굽히는 그때 달치의 피가 뚝뚝 떨어지는 손이 그를 향해 날아들었다.

빠악!

시원한 소리와 함께 안면에 틀어박힌 달치의 솥뚜껑만 한 주먹. 하지만 아쉽게도 그 공격은 치명타가 되지는 못했다.

가까스로 손을 들어 올린 고경천이 손으로 얼굴을 보호한 탓이다.

손으로 막았음에도 불구하고 압도적인 힘 차이를 어쩌지 못한 고경천은 사정없이 바닥을 굴렀다. 그리고 그사이에 우치 또한 비어 있는 달치의 허리를 무릎으로 찍어 찼다.

달치의 몸 또한 꺾이며 비틀거리는 그 찰나 이번엔 환야가 움직이고 있었다.

스스슥.

달치를 이용해 순간적으로 몸을 감춘 환야의 몸이 사라졌다가 곧바로 우치의 뒤편에서 나타났다.

어둠 속에서 나타나는 환야의 두 손.

암흑류 그림자 살인을 펼친 환야가 양손에 들린 비수를 재빠르게 등 뒤에서 박아 넣었다.

"으읏! 이 쥐새끼 같은 게!"

환야의 손에서 빠져나온 비수는 정확하게 우치의 양쪽 날갯죽지에 틀어박혔다. 치밀어 오르는 고통을 참아 내며 몸을 비튼 우치의 주먹이 환야를 향해 날아들었다.

키가 더 큰 우치였기에 마치 위에서 찍어 내리듯 다가오는 그의 커다란 주먹. 그렇지만 환야가 채 뭔가를 하기도 전에 달치가 움직였다.

쿠웅!

날아든 달치의 주먹이 우치의 공격을 받아 냈다.

커다란 주먹을 맞댄 채로 달치와 우치는 서로를 향해 고개를 들이밀었다.

쿠웅!

머리끼리 부닥치며 동시에 이마에서 피가 터져 나왔지만 두 사람 모두 눈 하나 깜짝하지 않은 채로 서로를 노려볼 뿐이었다.

중원을 호령하는 고수들의 싸움.

그것도 일대일이 아닌 이 대 이로 서로의 꼬리에 꼬리를 무는 이런 싸움은 쉬이 볼 수 있는 광경이 아니었다.

너무도 뛰어난 경지에 올라 있는 네 사람이었기에 대충 엇비슷하게 싸우고 있는 것처럼 보일 수 있었겠지만…….

고경천이 버럭 소리쳤다.

"흑노! 뭐하는 거야!"

날카로운 그의 외침에 멍하니 넷의 싸움을 지켜만 보고 있던 흑노가 움찔했다.

절대십마의 하나로 불리는 그조차도 넋의 싸움을 넋 나간 듯 보고 있을 정도였으니, 지금까지 펼쳐진 일련의 과정이 얼마나 짜임새 있고 정교했는지는 굳이 말할 필요가 없었다.

눈을 현혹시킬 정도로 아름다운 움직임들.

일진일퇴를 반복하며 싸워 대는 그 두 개의 무리는 어느 한쪽이 이기고 있다 판단할 수 없어 보였다.

그렇지만 그건 어느 정도 수준에 오른 무인들의 시선으로 내릴 수 있는 판단. 절대십마로 불리는 흑노였기에 알 수 있었다.

이 싸움에서 유리한 것이 어느 쪽인지.

'고경천과 우치가 밀리고 있다.'

고경천이 다급하게 자신을 향해 소리친 것 또한 그러한 사실을 느끼고 있어서가 분명했다.

엇비슷해 보이는 싸움.

그렇지만 보다 더 많이 공격을 허용하고, 입고 있는 피해 또한 고경천과 우치 쪽이 더욱 심각했다.

비슷한 움직임에, 비슷한 대처.

그런데도 불구하고 싸움의 추는 한쪽으로 기울고 있었다.

고경천과 우치는 완벽한 합공을 펼치고 있다.

이보다 더 완벽한 합공은 볼 수 없을 거라 자신할 수 있을 정도로.

헌데 그토록 완벽한 합공이 밀리는 이유.

환야와 달치는 합공의 수준을 넘어서 아예 한 몸이라도 된 것처럼 움직이고 있기 때문이다. 날아드는 상대의 공격이 치명상이 될 거라는 걸 분명히 알 터인데도 막을 생각조차 하지 않는다.

그런 무모한 행동을 가능하게 하는 것.

그건 바로…… 상대에 대한 믿음이다.

환야는 달치를, 달치는 환야를 믿었다. 그랬기에 둘은 서로에게 치명상이 될 수 있는 공격에도 아무렇지 않게 몸을 맡겼다.

다른 한 명이 그것을 어떻게든 막아 줄 거라는 막연한 믿음을 가지고.

그런 강인한 믿음이 있었기에 환야와 달치는 고경천과 우치가 짝을 이루고 있는 저들에 비해 한발 빠르게 움직였고, 보다 치명적으로 파고들 수 있었다.

아무리 훌륭한 합공이라고 할지언정 한 몸이 되어 움직이는 환야와 달치보다 완벽할 순 없었으니까.

자신을 부르는 고경천의 부름에 흑노는 황급히 검을 들어 올렸다.

백노의 죽음에 대해 분노한 지 얼마 되지 않았지만, 지금은 우선 이 싸움을 끝내는 게 우선이다.

괜스레 더 날뛰게 놔두었다가는 최악의 경우 자신 또한 마찬지로 싸늘한 시신이 되어 버릴지도 모를 노릇.

환야가 고경천과 마주한 상황에서 슬쩍 흑노를 곁눈질하며 입을 열었다.

"이 대 이로는 자신 없나 보지?"

"까불지 마. 네깟 놈들에게 쓸 시간이 아까워서 이런 결단을 내린 거니까."

말은 그렇게 하고 있지만 고경천 또한 차라리 일대일로 싸우면 싸웠지, 이 대 이의 싸움은 자신들이 불리하다는 사실을 잘 알고 있었다.

괜히 더 부끄러운 꼴을 보이기보다는 처음 계획대로 흑노까지 함께하여 저 둘을 마무리하면 그만이다.

고경천이 우치를 향해 전음을 날렸다.

『잔챙이들 처리에 시간이 너무 소모됐어. 서둘러 끝내지.』

『생각보다 질긴 놈들이라 쉽게 끝내지 못할 거 같은데…….』

사실 싸움의 결과 자체는 정해져 있다.

이들과 함께 잠입한 별동대 무인들의 숫자가 점점 줄어가고 있다.

결국 그들까지 정리가 끝나게 되면 모든 무인들은 이 둘에게 달려들게 될 것이다.

제아무리 질긴 놈들이라고 해도 죽게 될 건 기정사실.

문제는 그때까지 너무 오랜 시간이 끌린다는 거다.

당장에 혁련휘와 대치해서 내성 수비에 나서야 할 자신들이 이곳에서 발목이 붙잡혀 있는 건 분명 좋은 일이 아니었다.

고경천 또한 이 둘이 쉽사리 쓰러질 놈들이 아니라는 걸 이미 느끼고 있었다.

이맛살을 찌푸리고 있는 우치를 향해 고경천이 다시금 전음을 보냈다.

『생각해 둔 게 하나 있긴 한데. 시키는 대로 할 거야?』

이 질긴 싸움을 순식간에 마무리 지을 비책을 고경천은 가지고 있었다. 평소였다면 건방지게 누구에게 명령질이냐며 길길이 날뛰었을 우치였지만 지금은 달랐다.

달치로 인해 성한 곳을 찾을 수 없게 된 몸뚱이는 당장이라도 쉬게 해 달라고 비명을 질러 댔다.

특히나 아예 으깨져 버린 한쪽 팔은 아예 감각을 느끼기 힘들 지경이다.

『야! 뭐든 상관없어. 그러니까 제발 좀 끝내자. 징글징글하다 저 새끼들.』

『좋아. 그렇다면 따르는 걸로 알고 시작하지.』

우치가 작게 고개를 끄덕이며 이마에 흐르는 땀을 피투

성이가 된 손으로 닦아 냈다.

피와 땀, 그리고 흙이 뒤엉겨 엉망이 된 얼굴은 무척이나 끈적였다.

우치가 불쾌한 표정으로 물었다.

『그래서 그 생각해 둔 방법이 뭔데?』

『저기.』

전음을 보내는 고경천의 시선이 잠시 향하는 그곳.

거기엔 이들을 돕기 위해 싸움에 끼어든 흑백쌍존의 생존자인 흑노가 있었다.

우치가 놀란 얼굴로 고경천을 바라보며 전음을 보냈다.

『설마 흑노를 말하는 거야?』

유영인과 바꾼 백노.

그리고 이제는 당시에 운 좋게 살아남은 흑노를 이용하려고 하는 것이다.

물어 오는 우치의 질문에 고경천이 담담한 표정으로 답했다.

『쌍둥이 동생이 죽어서 슬퍼하던데 그냥 같이 간다고 해도 나쁠 건 없잖아?』

아무렇지 않게 흘러나오는 고경천의 말에 움찔했던 우치, 그렇지만 이내 그 또한 재미있다는 듯 입꼬리를 씰룩였다.

『거 그렇긴 하네. 한날한시에 태어났으니…… 뒈질 때도 같이 뒈져야지.』

절대십마라 불리며 중원에서는 공포와 숭배의 대상이기도 한 흑백쌍존.

허나 그런 그들조차도 고경천이나 우치에겐 그저 이용거리에 불과했다.

이미 마교의 모든 것을 쥔 신도율.

그리고 그런 그의 최측근인 두 사람에게 다른 사람의 목숨 따위는 길거리에 굴러다니는 돌멩이보다 나을 것이 없었다.

고경천의 검에 맺히는 푸르스름한 검기.

그가 가볍게 검을 치켜든 채로 명령을 내렸다.

"시작하지."

그 말과 함께 기다렸다는 듯 우치와 흑노가 뛰어올랐다. 둘이 노리는 건 다름 아닌 달치였다.

당연히 협공을 가해도 자신 쪽으로 올 것을 예상하고 날을 세우고 있던 환야는 움찔하며 달치 쪽으로 움직였다.

파앙!

흑노의 검을 막아 내는 순간 주변으로 여러 개의 기운들이 밀려들었다.

환야는 치고 들어오는 날카로운 검기를 다급히 몸을 좌우로 흔들며 피해야 했다.

동시에 우치의 발이 달치를 향해 날아들었다.

달치는 공격을 막기보다는 오히려 거리를 좁히며 우치에게 어깨를 들이밀었다.

퍽!

발에 맞으면서도 황소처럼 돌진한 달치의 어깨가 그를 밀어젖혔다.

"어어?"

놀란 듯 균형을 잃고 쓰러지고 있는 우치의 얼굴로 달치의 주먹이 번개처럼 떨어져 내렸다.

뻐엉!

쓰러지는 와중에서도 어떻게든 몸을 비튼 덕분에 일격을 피하는 데는 성공했지만, 전신에 있는 모든 털들이 곤두설 정도의 소름 끼치는 충격음이 귓가로 밀려들었다.

방금 전까지 우치의 고개가 있었던 쪽의 땅이 폭발하듯 터져 나간 것이다.

만약 저 공격을 그대로 얼굴로 받았다면…… 생각만 해도 오금이 저렸다.

간신히 옆으로 피한 우치를 향해 달치가 재차 공격을 가하려 하는 그때 고경천이 그 틈을 비집고 들어왔다.

그의 검기가 맺힌 검이 달치의 허벅지를 베고 스쳐 지나갔다.

피가 쏟아져 나오는 한쪽 무릎을 굽히며 달치가 바닥에

주저앉는 그 순간, 쓰러져 있던 우치의 발이 그의 관자놀이에 틀어박혔다.

퍼억.

보통의 무인이었다면 우치의 이 일격만으로도 죽거나, 까무러쳤어야 할 정도의 치명적인 공격이었다.

그렇지만 달치는 관자놀이에 적중당하는 순간 고개가 휙 돌아갔을 뿐, 곧 고개를 돌려 우치를 향해 재차 주먹을 휘둘렀다.

가까스로 뒤로 몸을 굴려 공격을 피한 우치가 황급히 자리에서 일어났다.

'저 곰 같은 새끼!'

관자놀이에 정확히 자신의 발이 틀어박혔는데도 불구하고 몸을 일으켜 세우는 달치의 모습에 우치는 절로 표정을 구겼다.

그렇지만 달치 또한 온전할 수는 없었다.

그의 코에서 주르륵 피가 흘러나왔다.

머리가 흔들리며 커다란 충격을 받은 탓에 달치는 사실 어질어질했다.

그럼에도 달치는 전혀 문제없다는 듯 몸을 일으켜 세웠다.

달치는 지능이 낮았지만, 무인으로서의 능력은 무척이나 뛰어났다.

그랬기에 달치는 지금 같은 상황에 적에게 약점을 드러내선 안 된다는 사실을 잘 알았다.

맹수들끼리의 싸움.

약점을 드러내면 물어뜯길 뿐이다.

"달치야!"

환야가 흑노를 밀쳐 내며 달치를 향해 황급히 몸을 날렸다.

멀쩡한 척하고 있는 달치의 상태를 전부 알지는 못했지만, 직감적으로 그가 겉보기보다 심한 타격을 입었다는 걸 감지한 것이다.

달려드는 환야를 본 고경천이 움찔했다.

"흑노!"

환야의 비수를 막다가 밀려 나갔던 그가 고경천의 부름에 황급히 몸을 날렸다.

슈슈슉!

날아드는 흑노.

그리고 그가 환야의 앞을 막아서는 것과 동시에 자리에서 일어난 우치가 달치를 향해 달려들었다.

그러고는 연달아 달치를 향해 매서운 공격을 밀어붙였다.

최대한 침착하게 막아서고는 있지만 달치 또한 아직까지 어지러웠던 탓에 치명타가 될 만한 공격만을 방어할 뿐, 나머지는 몸으로 받으면서 정신을 차리려 애썼다.

그 순간 고경천이 달치를 향해 움직이려는 모습이 환야의 눈에 들어왔다.

환야는 직감했다.

'이놈들 달치를 노리고 있어.'

지금 상태의 달치에게 고경천 또한 달라붙게 만들어선 안 된다.

"비켜! 이 새끼야!"

환야의 비수가 흑노의 빈틈을 파고들어 박혔다.

"큭!"

어깨에 비수를 틀어박은 채로 환야는 흑노를 힘껏 밀어젖혔다. 그렇지만 흑노 또한 비수를 박아 넣은 환야의 손을 한 손으로 움켜잡은 채로 쉽사리 놓아주지 않았다.

허나 환야는 비수를 틀어박은 그 상태 그대로 그를 뒤편으로 강하게 밀기 시작했다.

달치와의 거리를 좁히기 위해서다.

그때 달치 쪽으로 걸어가던 고경천의 모습이 좁혀져 가는 흑노의 몸과 겹치며 순간적으로 시야에서 사라졌다.

'어떻게든 달치를 도와…….'

앞에 있는 흑노를 향하는 환야의 시선.

그런데 그 순간 흑노의 눈동자가 부릅떠졌다.

푸욱!

뭔가가 관통당하는 소리와 동시에 밀려드는 화끈거리는 감각.

환야의 고개가 천천히 아래로 향했다.

가장 먼저 보이는 것은 흑노의 가슴을 뚫고 들어온 검이었다. 검이 뒤에서 날아들어 흑노를 관통한 것이다.

그리고…… 그 검은 흑노를 뚫은 것으로 모자랐는지 그 맞은편에 있던 환야의 가슴에 틀어박혀 있었다.

새하얀 검신이 틀어박힌 환야의 가슴.

그곳에서는 마치 샘물이 솟아나듯 피가 연신 터져 나오고 있었다.

검이 박혔음을 깨닫는 것과 동시에 환야의 입에서 피가 흘러내렸다.

"커윽."

고통에 찬 신음 소리와 함께 심장을 일격에 관통당한 흑노의 몸이 무너져 내리고 있었다. 뒤편으로 그가 넘어가며 동시에 박혀 있던 검 또한 자연스레 뽑혀져 나갔다.

그렇게 무너져 내린 흑노, 그리고 그 뒤편에선 순간적으로 보이지 않았던 고경천이 자리하고 있었다. 그는 손목을 가볍게 풀며 바닥에 주저앉은 환야를 향해 픽 웃음을 흘렸다.

환야는 연신 피가 흘러나오는 가슴 부분을 손바닥으로

움켜쥐었다. 뜨거운 피가 손바닥을 계속해서 적셨다.

환야는 새하얗게 변한 얼굴로 고개를 치켜들어 고경천을 노려봤다.

환야가 말했다.

"……또 같은 편을 희생시킨 거냐?"

생각지도 못한 공격이었다.

고경천이 달치를 노릴 거라 예상했던 탓도 있었지만, 그보다 절대 들어올 수 없는 곳에서 날아든 공격이었기에 당했다.

같은 편의 몸을 꿰뚫으면서 밀려든 공격.

더군다나 흑노의 몸에 가려져 고경천 정도 되는 고수의 움직임을 일순 읽지 못한 것도 이 같은 일이 벌어지게 된 원인 중 하나였다.

힘겹게 말을 내뱉는 환야를 향해 고경천이 어깨를 으쓱하며 답했다.

"그게 뭐 문제 있나? 하나씩 교환하면 우리가 이득인데."

처음엔 사 대 삼.

그리고 그 이후엔 삼 대 이, 그리고 환야에게 치명상을 가해 이 대 일이 된 지금까지.

똑같이 양쪽 다 한 명씩 숫자가 줄었지만 상황은 완전히 달랐다.

숫자가 똑같이 줄어들수록 유리한 건 고경천과 우치 쪽

이었다.

똑같이 한 명씩 줄어들게 되면 처음 숫자가 적었던 쪽에 속한 무인들 각자가 감당해야 할 머릿수가 늘어나게 되기 때문이다.

간단한 계산이었고, 고경천의 입장에선 그런 이득을 마다할 이유가 없었다.

달치는 막 우치에게 일격을 맞고 뒤로 밀려 나갔다가 검에 관통당한 환야의 상태를 알고는 하늘을 올려다보며 비명을 내질렀다.

"크아아아!"

쩌렁쩌렁 울리는 울부짖음.

다시금 고개를 내린 달치의 얼굴은 터질 것처럼 붉게 달아올라 있었다.

달치가 이를 갈았다.

"죽인다!"

달치답지 않은 거친 말이 터져 나왔지만, 이미 상황은 급속도로 기울어진 게 사실이었다.

그나마 환야가 버티고 있었기에 싸우는 것이 가능했지, 지금 달치의 몸 상태로 고경천과 우치 둘을 동시에 맡는 건 무리였다.

더군다나 별동대를 제압하는 데 투입됐던 무인들 중 일부는 슬슬 여유를 찾고 이쪽에 개입할 기회를 엿보고 있었다.

달치가 환야를 구해 내기 위해 달려들려 할 때였다.

보고 있던 우치가 손가락을 까닥이며 수하들을 불렀다.

"뭐해? 빨리 막아."

근처에 있던 스무 명 정도 되는 무인들은 우치의 명령을 받고 달치에게 달려들었다.

상처투성이인 그를 향해 우치의 수하들이 거칠게 병기를 휘둘렀다.

확실하게 환야부터 끝내기로 결정을 한 우치였기에 그는 수하들에게 달치를 맡겨 두고 고경천이 있는 쪽으로 다가왔다.

더는 버티기 힘들었는지 고개까지 푹 수그린 채로 거친 숨을 내쉬는 환야.

그러던 그가 자신에게 향하는 시선을 느끼고는 슬쩍 그 쪽으로 고개를 돌렸다.

'……누님.'

환야보다 더 최악의 상태인 유영인이 바닥에 누운 채로 환야를 향해 시선을 주고 있었다. 고개를 옆으로 돌려 환야를 바라보고 있는 그녀의 핏기 없는 얼굴, 그렇게 하염없이 눈물만 흘리는 유영인을 본 환야가 이를 악물었다.

"크으으으!"

비명과 함께 힘껏 몸을 일으켜 세운 환야를 보며 슬슬 마무리 지으려던 고경천과 우치가 깜짝 놀란 표정을 지어 보였다.

당장에 송장이 돼도 이상할 게 없는 상태다.

만신창이의 몸에 마지막 일격까지 제대로 틀어박혔다.

고경천이 나지막이 중얼거렸다.

"근성만큼은 인정해 줘야겠군."

"너한테 인정받는다고 해서 하나도 안 기쁘거든?"

말을 하며 히죽 웃는 환야의 입안은 이미 피로 엉망이었다.

입을 열기 무섭게 침과 뒤섞여 떨어져 내리는 핏줄기. 진득한 그 피를 토해 내며 환야가 비틀거렸다.

죽는다고 해도 그 모습이 초라하고 싶지 않았기에 억지로 몸을 일으켜 세웠을 뿐, 별다른 비책이 있는 건 아니었다.

그리고 우치의 수하들과 싸우고 있는 달치가 그런 환야를 향해 버럭 소리를 내질렀다.

"다, 달치가 구하러 간다! 버텨야 한다 환야!"

평소답지 않게 흥분한 달치의 목소리에 환야는 가슴을 소리 없이 움켜쥐었다.

버텨 달라는 간절한 마음이 절절히 느껴져 왔지만 아쉽게도 이제는 손을 휘두를 힘조차 제대로 남아 있지 않다.

'……미안하다, 달치야. 아무래도 그건 힘들 것 같다.'

몸 하나 세우는 것만으로 모든 힘을 쥐어짰을 정도인 지금, 눈앞에 있는 둘의 공격을 버텨 낼 자신이 없었다.

환야는 힘겹게 고개를 확 하고 치켜들었다.

그러고는 피로 얼룩진 얼굴로 힘겹게 고개를 돌렸다. 쓰러져 있는 유영인을, 그리고 자신을 구하겠다며 칼에 맞으면서도 상대를 제압하는 데 열중하는 달치까지도.

소중한 이들을 한 번씩 눈에 담은 환야의 머리에 다른 곳에 있을 동료들의 모습이 떠올랐다.

부의민, 그 녀석의 건방진 성격을 고치지 못한 게 죽어서도 한이었다.

'인마, 그래도 부의민 넌 제법 눈치도 있고 머리도 좋으니까 날 대신해서 대장을 잘 보필해야 한다.'

사내인 줄 알았다가 여인이라는 사실에 깜짝 놀라게 만들었던 비설. 차갑기만 하던 혁련휘의 마음을 녹인, 아마도 세상에 다시없을 여인인 그녀.

'대장 곁에 네가 있어서 그나마 편안히 눈 감을 수 있는 것 같다. 비설, 죽는 그 날까지 꼭 대장의 옆을 지켜 줘.'

그리고 마지막으로…… 혁련휘.

'대장, 정말 죄송합니다. 끝까지 돕지 못하고 가는 절 용서하실 거라 믿습니다. 그래도 자하도에서부터 이곳 중원

까지 그 긴 시간 옆에서 끔찍이도 모시지 않았습니까. 그러니…… 이제 좀 쉬어도 괜찮지요?'

환야는 지그시 눈을 감았다.

감은 눈 너머에서 이곳에 있지 않은 세 사람의 얼굴이 안개처럼 피어올랐다.

환야의 손가락에 슬며시 비수가 걸렸다.

뭘 할 수 없다는 걸 잘 안다.

그렇지만 이대로 가만히 서서 마지막 숨을 거두고 싶지는 않았다.

무인이니까.

죽는 그 순간까지도 무인으로 죽고 싶었다.

"환야! 환야!"

달치의 목소리가 다시금 귀청을 때리는 순간 환야가 눈을 떴다.

고경천이 소리가 나는 달치 쪽을 힐끔 쳐다보고는 말했다.

"들려? 네 동료가 울부짖는 소리가. 네가 죽을까 봐 마음이 많이 아픈가 봐."

"그러게. 넌 죽어도 아무도 울어 주지 않을 텐데 말이야."

"그게 뭐 중요한가. 누가 울어 준다고 해서 죽을 때 덜 억울한 것도 아니고."

말을 내뱉은 고경천이 멀리에서 검을 치켜들었다.

마지막 숨통을 끊으려 하는 것이다.

그런 고경천을 바라보며 환야가 천천히 입을 열었다.

"끝났다고 생각하지 마라. 지금 이곳에서 내가 죽어도, 달치가 죽는다고 해도…… 그분이 결국 너희를 모두 죽일 테니까."

죽기 전에 억울해서 내뱉는 말이 아니다.

정말로 혁련휘를 믿었기에 환야는 이곳에서 자신들이 죽는다 해도 결국 그가 이 모든 복수를 끝내 줄 거라 믿었다.

한 치의 흔들림 없는 눈빛이 그런 그의 속내를 말해 주고 있었다. 환야의 견고한 모습을 보며 고경천이 비웃듯 말했다.

"그건 네 희망 사항이고. 지옥에서 기다려. 네놈의 대장인 혁련휘 그놈이 곧 너희들의 뒤를 따라갈 테니까. 눈물의 상봉은 그곳에서 하시든지."

믿지 않는 고경천을 향해 환야는 그저 비수를 들어 올렸을 뿐이다.

더 떠들었다가는 손에 쥔 비수를 휘두를 힘마저 남아 있지 않을 테니까.

그가 연신 피가 흘러내리는 입을 열며 말했다.

"덤벼."

그저 툭 치면 쓰러질 몸으로 환야는 이를 악물고 버티고 섰다.

손에 들린 이 비수 하나가 마치 세상의 전부라도 된 것처럼 꽉 쥔 채로.

이런 상황에서도 자신에게 투기를 뿜어내는 환야의 태도가 고까웠는지 고경천이 목을 비틀며 말했다.

"포기라는 걸 모르는 모양인데…… 이번 기회에 좀 가르쳐 줘야겠어. 팔과 다리부터 잘라 내고, 그다음에 목을 날려 주지. 그렇게 돼서도 지금처럼 당당할 수 있을지 어디 두고 볼까?"

말을 내뱉으며 한 걸음을 내딛는 고경천.

그런 그의 움직임을 지켜보며 하염없이 눈물밖에 흘릴 수 없는 유영인이 어떻게든 일어나려는 듯 손으로 바닥을 짚으며 부들부들 떨었고, 달치 또한 자신을 막아서고 있는 놈들을 한시라도 빨리 쓸어버리고 환야에게 달려가기 위해 미친 듯이 공격을 퍼부었다.

하지만 그 둘 모두 다가서는 고경천을 막을 수 있는 상황이 아니었다.

환야를 향해 자신만만하게 걸음을 옮기던 고경천, 그리고 그의 옆에서 마찬가지로 따라 걷던 우치의 발걸음.

누구도 멈추지 못할 것 같았던 두 사람의 발걸음을 멈추게 한 건 그 순간 날아든 정체 모를 누군가의 목소리였다.

"내기 한번 할래요? 누구의 팔다리가 먼저 잘려 나갈지."

뒤쪽 어딘가에서 들려오는 서늘한 목소리.

고경천은 물론이고 우치 또한 당황한 듯 멈칫했다.

그러고는 그 소리의 근원지를 찾으려는 듯 주변을 두리번거렸지만, 누구의 모습도 보이지 않았다.

허나 분명한 건 분명 그리 멀지 않은 곳에서 들려온 목소리라는 거다.

대체 어떻게 다가온 것일까?

이토록 수많은 무인들이 포위하고 있는 이곳에 조그마한 소란도 일지 않았을 정도로 은밀하게 잠입하다니…….

놀란 그 둘과 마찬가지로 힘겹게 버티고 서 있던 환야의 눈동자가 크게 떠졌다.

하지만 상대의 정체를 파악하지 못하고 두리번거리는 고경천이나 우치와는 달리 환야는 이 목소리의 주인이 누구인지 너무도 잘 알고 있었다.

환야가 자신의 손으로 얼굴을 감싸 안았다.

얼굴을 감싸 쥔 손, 그 너머에서 눈물과 웃음이 뒤엉켜 터져 나왔다.

환야가 미친 듯 웃었다.

"크크크! 어쩌냐? 너희들 죽을 것 같은데."

모든 것이 끝나 가는 이런 상황에 갑자기 웃는 환야의 모습은 마치 그가 실성한 것처럼 보이게 만들었다.

그렇지만 이런 상황에서도 웃음을 터트린 건 결코 환야가 미쳐서가 아니었다.

환야가 천천히 말을 이었다.

"……우리 행동대장이 왔거든."

환야가 말을 내뱉는 그 순간 보이지 않고 있던 목소리의 주인공이 서서히 모습을 드러내고 있었다.

그리고 마찬가지로 다가오는 기척을 느꼈는지 고경천과 우치 또한 황급히 한쪽으로 고개를 돌렸다.

그 둘의 눈에 한 사람의 모습이 들어오고 있었다.

수많은 무인들이 가득한 이 전장의 가운데에 홀로 모습을 드러낸 한 사람.

가냘픈 몸매와 깨끗하게 생긴 얼굴은 강인한 무인과는 멀어 보인다. 그런데 상대의 풍겨져 나오는 기세와, 타오르는 눈빛을 마주하고 있는 고경천의 감각이 말하고 있었다.

위험하다고.

저자는 위험한 자라고.

고경천은 상대에게 눈을 고정시킨 채로 자신도 모르게 두어 걸음 뒤로 물러섰다. 이 정도의 거리라면 단 한 번의 도약만으로 좁혀 올 수 있다고 느낀 탓이다.

자신도 모르는 사이 물러섰던 고경천은 깜짝 놀라 표정을 굳혔다.

'……내가 지금 무슨 짓을 한 거지?'

싸움만이 살아가는 이유라 떠들어 대던 고경천이라는 사내를 이토록 뒷걸음질 치게 만든 자가 평생에 과연 몇이나 있었을까?

그 정도로 상대에게서 풍겨져 나오는 기운은 위협적이었다.

고경천은 그 정체 모를 고수를 노려보며 입을 열었다.

"누구냐?"

고경천이 던진 질문. 그렇지만 그 질문에 대답을 한 건 상대가 아니었다. 고경천의 옆에 서 있던 우치, 그가 대신해서 입을 열었다.

"……비설."

중얼거리며 그녀의 이름을 내뱉는 우치의 목소리가 떨려 왔다. 그리고 그 대답을 들은 고경천의 눈이 크게 떠졌다.

비설? 지금 이처럼 위험한 분위기를 풍겨 대는 저자가 자신이 그토록 싸워 보고 싶었던 그 여인이란 말인가?

놀라는 두 사람의 시선을 한 몸에 받으며 비설이 검을 뽑아 들었다.

차앙!

자색의 빛을 뿜어내는 두 자루의 검.

자미쌍검의 주인인 비설, 그녀가 나타났다.

2장. 인과응보

— 대가를 치러야지

비설의 등장.

그건 단순히 한 사람이 나타나고 말고의 문제가 아니었다.

지금 이들이 놀라는 건 그녀가 나타나서이기도 했지만, 다른 곳도 아닌 이곳 마교 내성에 혁련휘 쪽의 사람이 모습을 드러냈다는 사실이 더욱 큰 문제였다.

대체 어떻게?

내성을 들어올 수 있는 비밀 통로는 이쪽에서 완벽히 선점한 상태다. 그런 상황에서 내성으로 들어왔다는 말은…….

우치가 당황스러운 얼굴을 한 채 육안으로는 보이지 않을 내성의 입구 쪽으로 시선을 돌렸다.

'내성 입구가 뚫렸어?'

그렇다.

내성 입구가 뚫리지 않고서는 비설이 이렇게 제 발로 걸어서 나타날 수가 없었다.

그리고 내성 입구가 뚫린 게 사실이라면 이건 생각보다 더욱 큰 문제였다.

뒤쪽에서 나타날 이들과 내성에 있는 이들이 포위하여 외성에 갇히게 될 혁련휘의 병력을 사냥하려던 애초의 계획이 완전히 어긋나 버리는 것이다.

거기다가 신도율을 따르는 가장 중요한 인물인 우치 자신과 고경천이 이곳에 있다.

한마디로 내성을 지휘할 만한 자들 중에 혁련휘를 저지할 만한 이를 찾기가 어렵다는 거다.

입구가 뚫리는 그 즉시 순식간에 혁련휘의 병력이 밀려들어 왔을 것이다.

우치가 이해가 안 간다는 표정을 지었다.

'이놈들을 우리가 완벽히 막아 놨는데 어떻게 내성의 입구가 열렸단 말인가.'

처음에 도망쳤던 별동대 스무 명 정도가 떠오르긴 했지만 우치는 이내 고개를 저었다. 그들이 바깥에 신호 정도를 준 거면 몰라도 입구 자체를 여는 건 말도 되지 않는다.

그곳을 지키는 무인이 얼마나 많은데 그런 그들을 피해 문을 열 수 있단 말인가.

애초부터 불가능한 일.

그렇다면…… 자신이 생각하지 못한 무슨 일인가가 벌어졌다는 말이다.

'망할, 대체 어떻게 돌아가는 거야?'

우치가 답답한 표정을 짓고 있을 그때 정신을 차린 고경천이 모습을 드러낸 비설을 향해 입을 열었다.

"네가 비설이로군. 한번…… 만나 보고 싶었다."

"왜요?"

"싸워 보고 싶었거든. 바로 너와."

자신만만하게 말을 내뱉는 고경천.

그런 그를 향해 비설이 웃으며 대답했다.

"자살하는 취미라도 있으신가 봐요."

비설의 그 한마디에 고경천의 표정이 일그러졌다.

비꼬는 그 말투에서 흔들림 없는 자신감이 느껴졌으니까. 그녀는 말하고 있었다.

절대 자신을 이길 수 없다고.

그 막연한 자신감이 고경천의 자존심을 건드렸다.

꿈틀거리는 입꼬리에는 이루 말로 형용하기 힘든 분노가 느껴졌다.

비설이 고경천과 몇 마디를 주고받는 그때, 다른 곳에서 소란이 일었다.

"우어어어!"

고함과 함께 달치가 득달같이 달려왔다. 어느새 자신에게 들러붙은 잔챙이들을 정리한 그가 환야의 앞을 가로막았다.

혹시 모를 우치와 고경천의 공격을 막기라도 하겠다는 듯이.

환야의 앞을 가로막은 달치의 얼굴을 타고 피가 연신 뚝뚝 떨어져 내렸다.

몸에 꽂혀 있는 여러 가지의 무기를 뽑아서 내던진 달치의 눈동자는 이글거리고 있었다.

달치가 버럭 소리쳤다.

"비설 왔다! 달치는 버틴다, 환야도 버텨라!"

소리를 내뱉는 것과 함께 열린 입으로 피마저 터져 나온다.

그 정도로 많은 상처를 입었다는 소리였다.

그런 달치를 바라보는 비설의 표정이 낮게 가라앉았다.

환야에게 공격을 가하는 걸 막기 위해 눈치를 보던 상황. 때마침 달치가 그 걱정을 해소해 줬으니 이제 더는 망설일 이유가 없었다.

그녀의 손에 들린 자미쌍검이 영롱한 자색 빛을 뿜어냈다.

주변을 포위하고 있는 수많은 신도율 쪽 무인들.

하지만…… 그녀 또한 혼자는 아니었다.

환야가 안전해진 걸 확인한 비설은 곧바로 주변을 둘러봤다. 상황이 워낙 다급해 먼저 달려오긴 했지만, 자신을 따라오던 이들 또한 지금쯤이면 인근에 도달했을 거라는 판단이 섰다.

비설은 준비해 온 신호탄을 가볍게 하늘로 쏘아 올렸다.

하늘을 수놓는 하얀 빛줄기.

그리고 그 빛줄기가 터져 나오는 순간 멀리에서 커다란 함성 소리가 치고 들어왔다.

"우와와와!"

수천 명의 목소리가 뒤엉킨 고함 소리가 주변을 뒤덮었다. 그리고 동시에 이곳 주변을 에워싸고 있던 이들의 뒤편에서부터 커다란 소란이 일기 시작했다.

비밀 통로가 연결되어져 있는 혈뢰주가를 둘러싸고 있던 신도율의 병력, 그런 그들의 머릿수를 훨씬 웃도는 이들이 이곳에 나타난 것이다.

그리고 그 말은 곧 우치가 걱정했던 대로 혁련휘의 병력들이 어떻게인지는 알 수 없었지만 이미 이곳 내성에 들어왔다는 걸 증명하는 것이기도 했다.

너무도 많은 이들의 우렁찬 함성에 고경천과 우치가 놀

란 듯 주변을 둘러볼 때였다.

비설이 그런 두 사람을 향해 말했다.

"이 정도로 벌써 놀라면 안 되죠. 이게 시작일 텐데요. 곧 더 많은 무인들이 이쪽으로 올 거거든요."

곧 이곳을 빽빽하게 둘러쌀 병력을 본다면 지금 이 정도 고함 소리는 아무것도 아니라는 걸 알게 될 테니까.

허나 이 두 사람은 그런 광경을 보지 못할 것이다.

비설이 자미쌍검을 고쳐 잡으며 슬그머니 입을 열었다.

"아, 둘은 그 모습을 보지 못하겠네요. 그 전에…… 죽을 테니까요."

* * *

어두운 밤.

마교 내성의 한쪽에 위치해 있는 거점을 시작으로 하여 꽤나 많은 숫자의 무인들이 움직이고 있었다.

그들은 다름 아닌 칠대천의 하나인 흑랑방의 무인들이었다.

아무리 밤이라고 해도 외성이 공격당하는 지금 당연히 내성이 조용할 리가 없는 상황.

많은 이들이 사방에서 경계를 강화하고, 혹시 모를 싸움에 대비하는 모양새였다.

상황이 이렇다 보니 많은 숫자의 흑랑방 무인이 내성의 입구 쪽으로 향하고 있는 걸 수상하게 여기는 자는 없었다.

흑랑방 무인을 이끄는 이는 바로 장룡의 여식인 장유희. 그녀가 이천 명이 넘는 흑랑방의 정예 병력을 이끌고 내성을 향해 빠르게 다가갔다.

내성으로 향하는 장유희의 목표는 하나였다.

'내성의 입구를 열어야 해.'

바깥에 붙잡혀 있는 혁련휘가 들어올 수 있도록 내성의 입구를 열어야 한다.

물론 그건 생각보다 간단한 일이 아니다. 특히나 입구 쪽을 지키는 무인들은 숫자도 많고 그 실력들 또한 뛰어나다.

거기다 소란이 일게 되면 곧 몰려올 추가 병력까지 감안한다면…… 입구를 지키는 자들을 최대한 빠르게 베어 넘기고 그곳을 점령해야 한다.

만약 조금이라도 틀어진다면 그 순간 내성의 입구를 열기 위해 움직이는 흑랑방 무인들 전원이 죽는다.

장유희가 데리고 온 이들 대부분은 자신들이 지금 내성 입구로 향하는 이유조차 알지 못했다.

마음을 정하기 무섭게 바로 움직인 것이라고는 하지만 그래도 혹시 모를 위험 요소를 피하기 위함이다.

속도가 생명이라 여긴 그녀는 곧바로 목적지로 향했다.

그런 장유희의 옆으로 다가온 한 명의 사내.

그녀가 내성을 열기로 결정을 내릴 당시 옆자리를 지켰던 최측근인 마태룡이다.

그가 옆으로 붙으며 전음을 날렸다.

『방주님, 내성이 코앞입니다.』

『바깥의 상황은 어떻죠?』

『외성을 제압한 교주님의 병력이 내성을 둘러싼 상태랍니다. 그런데 문이 열리지 않아 아직 공격은 하지 못하고 있는 듯해 보입니다. 아마 지금쯤이면 내성에 들어온 병력들에게 무슨 일이 일어났다는 걸 어렴풋이 짐작하시지 않았을까요?』

전음을 전해 들은 장유희의 표정은 한결 심각해졌다.

신도율의 꿍꿍이가 무엇인지 모르는 지금, 최대한 빠르게 혁련휘의 계획대로 상황을 흐르게 만들어야 했다.

장유희가 다시금 전음을 보냈다.

『어떻게든 시간 안에 끝내야 해요. 추가 병력이 붙게 되면 계획은 수포로 돌아가니까요. 내성 쪽 무인들의 숫자는 알아내셨어요?』

『입구로 향하는 길목에 현재 천여 명 정도가 자리하고 있습니다. 그리고 위쪽을 지키는 이들은 막 교대할 시간이라 평소보다 숫자가 훨씬 적답니다.』

『좋아요. 그나마 방비가 약해지는 지금 확실하게 끝내야 해요. 우선 어떻게든 저희가 뚫고 갈 길을 대주님이 만들어 주세요. 제가 남은 병력을 모두 끌고 위를 점령하도록 해 볼게요.』

『알겠습니다, 방주님.』

동시에 두 곳을 쳐야만 그나마 성공 확률이 높아진다. 명령을 내린 채로 내성으로 다가가는 장유희는 주먹을 꽉 움켜쥐었다.

긴장이 돼서인지 손바닥에는 땀이 흥건했다.

그렇지만 장유희는 애써 그런 감정을 감췄다.

긴장하게 된다면 표정에서 그 어색함이 드러날 테니까.

갑자기 이천 명에 달하는 흑랑방 무인들이 다가오자 입구 쪽을 지키고 있던 이들 또한 경계하는 눈빛을 보내고 있었다.

그런 그들을 안심시키기 위해 장유희가 앞으로 나섰다.

흑랑방의 방주인 그녀를 본 무인들은 그제야 한결 풀어진 얼굴로 다시금 바깥쪽으로 관심을 돌렸다. 그리고 다가오는 그녀를 향해 중년의 사내가 수하 스무 명 정도를 이끌고 다가왔다.

다가오는 중년 사내를 바라보는 장유희의 눈동자가 꿈틀

했다.

'염파(廉頗)라고 했던가?'

서늘한 분위기를 풍기는 저 중년 사내의 이름은 염파였다.

신도율을 따라 마교로 들어선 자, 그리고 이곳 내성의 입구를 지키는 중대한 임무를 맡고 있을 정도로 그가 믿고 있는 자다.

잔인하고 성격이 불같아서 아무리 수하라고 할지라도 맘에 안 들면 목부터 베어 버린다고 들었다.

그런 포악한 성격의 인물이었지만 상대는 칠대천의 수장. 염파는 어린 여인에게 먼저 고개를 숙이는 것이 내키지는 않았지만 어쩔 수 없다 여겼는지 먼저 예를 갖췄다.

"흑랑방 방주께서 어쩐 일이십니까?"

"교주님께서 보내셔서 왔습니다."

"……교주님이요?"

"예. 이쪽으로 병력이 집결하고 있는 것 같다며 저희에게 힘을 보태라 하시더군요."

장유희의 말에 염파가 고개를 끄덕였다.

일리가 있는 말이었던 탓이다.

내성으로 들어올 수 있는 문은 여러 개가 있다. 개중에 특히나 중요한 거점이 바로 이곳 북문이다.

이곳은 내성으로 들어올 수 있는 문들 중에서 가장 컸고,

주요 거점으로 뻗어 나가기 용이하다는 장점을 지녔다. 당연히 혁련휘 또한 이곳 북문을 일 순위로 점령하기 위해 이 앞에 대치하고 있었다.

더 많은 병력으로 이곳을 지켜야 하는 상황인 건 분명했다.

다만 이 같은 일에 대해 뭔가 들은 것이 없었기에 염파가 이상하다는 듯 말했다.

"흠! 전 들은 이야기가 없습니다만?"

"막 내려온 명령이라 아직 하달이 안 됐나 보군요. 절 직접 부르셔서 한 명령입니다."

"그렇군요. 방주님의 말씀이긴 하지만 우선 확인은 해 봐야 하니 잠시만 기다려 주시겠습니까?"

염파는 수하를 통해 직접 이 같은 명령이 전달된 것이 사실인지를 확인하고자 했다. 그런 그의 말에 장유희는 고개를 끄덕였다.

"그러시죠."

말을 끝낸 그가 막 안으로 돌아가려 할 때였다.

장유희가 말을 이었다.

"안쪽에서 대기해도 되겠습니까? 이곳에서 계속 길을 막고 있긴 조금 그런데……."

길목에 이천 명에 달하는 무인들이 대기하고 있기는 조

금 그렇지 않냐는 듯한 장유희의 눈빛에 염파는 가볍게 혀를 찼다.

허나 꽤나 많은 이들이 지나다니는 길목을 막고 있을 수 없는 것 또한 사실.

결국 염파가 고개를 끄덕이며 말했다.

"아예 안쪽까지는 확인 후에 들어오실 수 있으니, 그 중간 부분에 있는 대기할 만한 곳으로 모셔다드리지요."

"부탁드리죠."

칠대천의 수장만 아니었다면 이토록 대우를 해 주지 않았겠지만, 당장에 신도율의 명을 받고 오기도 했고 신분도 높은 그녀를 무시할 순 없었다.

그렇게 염파는 장유희가 이끌고 온 흑랑방 무인들을 데리고 움직이기 시작했다.

그가 길목을 따라 움직이며 내성과 조금 더 가까운 쪽으로 들어서는 그때였다.

장유희가 슬쩍 옆에 서 있는 마태룡에게 눈짓을 보냈다. 그러자 그는 앞장서서 걷고 있는 염파를 향해 번개처럼 검을 꽂아 넣었다.

번쩍!

뒤편에서 날아든 검이 순식간에 그의 목을 날려 버리는 그때, 장유희가 버럭 소리쳤다.

"북문을 접수한다! 모두 나와 마 대주를 따르라!"

갑작스럽게 마태룡이 내성 북문을 지키고 있는 염파를 베어 넘긴 것에 깜짝 놀랐던 이들이었지만, 번개처럼 터져 나오는 명령에 자신들도 모르게 황급히 뒤를 따라야만 했다.

특히나 병력을 이끄는 주요 몇몇 인물들은 이미 장유희에게 언질을 들은 터라, 그들이 움직이자 덩달아 뒤쫓을 수밖에 없는 상황이었다.

마태룡이 빠르게 병력을 이끌고 내성으로 향하는 길목을 뚫었다.

휘휙!

날아드는 검이 순식간에 주변에 있는 무인들을 베어 넘겼다. 물론 적들 또한 갑작스러운 기습에 놀라 순간적으로 밀리긴 했지만 곧바로 전열을 정비했다.

"막아라!"

외치는 소리와 함께 막아서는 상대를 향해 마태룡이 날아올랐다.

탕탕탕!

허공에서 수십 번의 공격을 가하며 떨어져 내린 마태룡의 뒤편에서 다른 누군가가 모습을 드러내며 명령을 내렸던 사내의 가슴을 꿰뚫었다.

마태룡은 그대로 수하들과 함께 장유희가 나아갈 길을

만들어 내기 시작했다.

그가 여러 명의 무인들을 베어 넘기며 서둘러 소리쳤다.

"방주님! 지금입니다!"

순간적으로 길이 만들어진 지금, 기회는 이번 한 번뿐이었다.

만반의 준비를 하고 있던 장유희 또한 마태룡의 외침에 기다렸다는 듯 달려 나가기 시작했다. 그녀의 뒤편으로 이곳까지 동행한 이들 중 대략 오백여 명 정도 되는 무인들이 달라붙었다.

때마침 이곳에서 벌어진 일을 알리기 위해 어두운 밤하늘을 가르며 커다란 뿔피리 소리가 울렸다.

부우우우우우!

그리고 이 소리가 울렸다는 건 곧 이곳으로 추가 병력들이 몰려올 것이라는 걸 의미했다.

장유희의 걸음걸이가 더욱 다급해졌다.

주어진 시각은 길어 봤자 반 각 정도.

그 안에 끝내지 못한다면 이 싸움은 자신들의 패배다.

순간적으로 비어 버린 공간을 파고든 장유희의 시선이 향하는 건 높은 성벽 위쪽이었다.

그리고 저 위에는 입구를 열 수 있는 장치가 있다.

장유희와 그를 따르는 오백여 명의 무인들이 단숨에 그

곳을 향해 달려 나갔다. 그러고는 막아서는 이들을 망설이지 않고 순식간에 베어 넘겼다.

시간을 맞춰서 움직인 덕분에 안쪽의 병력들은 막 교대를 하려고 하던 찰나.

아주 잠깐의 틈을 절묘하게 파고든 덕분에 생각보다 수월하게 목표에 도달할 수 있을 것만 같았다.

그렇게 달려 나가던 장유희와 흑랑방의 무인들은 순식간에 목표한 지점 인근에 도착했다.

그녀가 명령을 내렸다.

"위로!"

입구를 열 수 있는 장치가 있는 계단으로 막 치고 올라가려는 그때, 옆에 있는 길에서 일련의 무리가 튀어나왔다.

파앙!

그들은 나오기 무섭게 계단을 오르려던 흑랑방 무인들을 거칠게 밀어냈다.

순간적으로 밀려난 흑랑방 무인들이 다시금 자세를 잡으며 위쪽을 살폈다. 그리고 그 짧은 틈에 생각보다 훨씬 많은 무인들이 지금 그들이 올라서야 할 길목을 막아섰다.

그 모습을 확인한 장유희의 얼굴빛이 순식간에 흐려졌다.

'……실패다.'

이토록 좁은 길에서 막힌다면 결국 뚫는 데 엄청난 시간이 소요되고 만다.

이미 뿔피리마저 울린 상황, 가뜩이나 주어진 시간이 얼마 없는 지금 조금이라도 방해를 받는다는 건 실패를 의미하는 것이었다.

그때 길을 막아선 무인들 사이에서 한 사내가 천천히 모습을 드러냈다.

그리고 그 상대의 정체를 파악한 장유희의 표정은 더욱 구겨졌다.

"백 가주……."

칠대천의 하나이자 신도율을 따르는 신검백가의 가주 백천기가 무리의 사이에서 모습을 드러낸 것이다.

신검백가라면 애초에 흑랑방보다 더욱 큰 힘을 지닌 이들. 거기에 백천기 본인 또한 마교에서 알아주는 고수 중 하나다.

지금 자신이 이끌고 온 이 오백 명으로는 시간이 있다 한들 뚫을 수 있는 상대가 아니라는 거다.

길을 막아선 백천기가 계단 위쪽에서 아래에 있는 장유희를 향해 입을 열었다.

"장 방주, 지금 하는 짓이 무슨 의미인지 아시오?"

"……그럼요. 어린애가 아니거든요."

"그럼 이것도 아시겠구려. 지금 내가 여길 막는다면 어떻게 되는지를."

백천기의 그 의미심장한 한마디에 장유희는 아무런 말도 하지 못했다.

어찌 모르겠는가.

그들에게 시간이 끌리게 된 이상 지금의 이 작전은 실패한 것과 다름없다는 사실을.

그녀를 내려다보며 백천기가 재차 말했다.

"물러가시겠소?"

물어 오는 백천기를 올려다보던 장유희가 입술을 깨물었다.

여기까지 온 이상 뒤로 돌아간다 해도 자신들은 모두 신도율에게 죽는다.

어차피 되돌릴 수 없는 일이라면…… 여기서 죽을 것이다.

아버지를 죽인 원수에게 살려달라 빌지 않고, 이곳에서 혁련휘를 위해 싸우다 최후를 맞이하는 쪽이 훨씬 자랑스러운 죽음이 될 테니까.

장유희가 고개를 저었다.

그녀가 목소리에 힘을 주어 말했다.

"이왕 시작한 것, 비굴하게 살기보다는 자랑스럽게 죽겠습니다."

어린 소녀인 그녀의 입에서 터져 나온 그 한마디에 백천기가 움찔했다.

같은 칠대천의 하나인 흑랑방을 이끄는 수장이었지만 아직 어리다고만 여겼기에 자신과 같은 위치에 올려 둔 적도 없었다.

그런 그녀가 이 같은 결단을 내리고 움직인다는 사실에 놀랐지만…… 이렇게 대화를 해 보니 이제 조금은 알 것 같았다.

그저 어린 소녀가 아니다.

지금 눈앞에 있는 건…… 칠대천의 하나인 흑랑방을 이끄는 방주다.

장유희의 결심 어린 말 때문일까?

갑작스럽게 막혀 버리면서 당황하던 흑랑방 무인들의 얼굴에도 결심이 서렸다. 그들은 뽑아 든 검을 신검백가의 무인들에게 겨눈 채로 싸움을 준비하고 있었다.

그런 그들을 향해 신검백가의 무인들 또한 달려들 채비를 마친 그 순간.

백천기의 입에서 생각지도 못한 말이 흘러나왔다.

"……길을 내줘라."

"예?"

옆에 있던 수하가 놀란 듯 되물었을 때다.

백천기가 눈을 부라리며 재차 말했다.

"귓구멍이 막혔느냐? 길을 비켜 주라고. 우린 이들을 막지 않는다."

재차 들려오는 명령에 놀란 건 신검백가의 무인뿐만이 아니었다. 이미 죽음을 각오하고 있던 장유희가 놀란 얼굴로 그를 올려다봤다.

그녀는 지금 백천기의 행동이 이해가 가지 않았기에 물었다.

"어째서 가주께서 그런 명령을……."

"장 방주, 인과응보(因果應報)라고 아시오?"

원인과 결과는 서로 물린다는 뜻으로, 간단하게 설명하자면 결국 뿌린 대로 거둔다는 말이다.

백천기가 장유희를 막지 않기로 결정을 내린 것.

그건 바로 신도율이 행한 행동에 원인이 있었다.

백천기가 천천히 말했다.

"……그는 날 개처럼 대했거든."

며칠 전 당했던 수모가 아직도 머릿속에서 떠나질 않는다. 모두의 앞에서 얻어맞고 개처럼 짓밟히던 그 모습이!

칠대천의 하나를 이끄는 가주로서, 무인으로서 다른 이들도 아닌 자신이 이끄는 수하들에게 그 같은 모습을 보인 것은 평생 씻을 수 없는 치욕이었다.

모두의 앞에서 머리를 짓밟혔고, 살려 준 것에 대해 감사하다며 머리를 조아렸다.

그건 칠대천의 수장인 자신에게 줘서는 안 될 모욕이었다.

그리고 그 일을 계기로 이미 백천기는 언제라도 신도율에게서 등을 돌릴 준비가 되어 있었다.

그러던 차에 혁련휘의 병력이 외성을 뚫고 들어왔다. 뭔가 분위기가 혁련휘 쪽으로 흐르는 것 같긴 했지만 그럼에도 백천기는 함부로 움직이지 않았다.

워낙 조심스러운 성격이었기에 확률이 아무리 높다 한들 선뜻 나서지 않은 것이다.

그러던 차에 내성 입구를 지키기 위해 병력과 함께 이동하다 흑랑방의 방주인 장유희와 마주하게 됐다.

그녀의 목표가 뭔지는 단번에 알 수 있었다.

내성의 문을 열려고 움직이는 장유희를 보며 백천기는 고민했다.

이걸 막아야 할지, 아니면 도와야 할지.

아주 짧은 찰나였지만 백천기는 많은 생각을 했다.

그렇게 해서 내린 결론.

바로 흑랑방을 돕는 것이었다.

지금이 지나면 신도율에게 복수를 한다는 건 꿈에서나 가능한 일이 되어 버린다.

자신을 그토록 멸시한 놈이 평생을 호의호식하며 사는 걸 평생 옆에서 지켜보기보다는 가장 성공할 확률이 높은 지금 승부를 걸어야 했다.

개처럼 대했다는 그 말을 듣는 순간 장유희는 백천기가 하는 말이 무엇인지 알 수 있었다. 그가 그토록 큰 모욕을 당했던 그 날, 그 자리엔 그녀 또한 있었으니까.

백천기가 이를 갈며 말을 이었다.

"날 개처럼 대했으니…… 나도 개처럼 대해 줘야지."

스스로 말을 내뱉으며 백천기의 결심은 더욱 단단해졌다. 그리고 그저 길을 비키는 것만으로는 모자랐는지 재차 말했다.

"갑시다, 장 방주. 내 그대를 돕겠소."

"도와주시겠다고요?"

"그렇소. 아군은 많으면 많을수록 좋은 것 아니겠소. 보고가 들어갔으니 곧 병력들이 들이닥칠 거요. 서두릅시다."

백천기의 재촉에 장유희는 고개를 끄덕였다.

지금은 서둘러야 할 때다.

백천기가 빠르게 자신의 생각을 밝혔다.

"입구 쪽을 막고 있는 병력들도 쓸어 냅시다, 장 방주."

"그렇게 하죠."

흑랑방 단독으로 움직였을 땐 병력을 분산하기 쉽지 않

아 위에부터 제거할 생각이었지만 이제는 갑절 이상 머릿수가 늘어난 상황.

순식간에 두 가지 일을 모두 해낼 수 있었다.

입구 쪽에 배치한 병력들을 쳐낼 수 있다면 혁련휘와 그의 병력들이 순식간에 내부로 들어올 수 있을 것이다.

더군다나 곧 이곳을 지킬 병력들이 몰려올 상황.

그들이 입구 쪽에서 버티고 선다면 혹시 모를 변수가 벌어질 수도 있다.

보다 빠르게 혁련휘의 병력이 내성으로 들어올 수 있게끔 해야 그런 모든 위험성이 줄어든다고 판단한 것이다.

뜻을 합친 백천기가 재빠르게 명령을 내렸다.

"반은 위로, 나머지 반은 나를 따른다!"

장유희 또한 흑랑방 무인들에게 명했다.

"우리도 절반만 위로 올라가고 나머지는 내 뒤를 따르도록! 누구라도 좋으니 장치에 가장 먼저 도달한 이는 문을 열어야 한다!"

여기까지 온 이상 위쪽에 장치가 있는 곳을 장악하는 건 그리 어렵지 않다. 중요한 건 입구를 지키고 있는 무인들을 제거하는 일.

말을 마친 장유희는 입구 아래를 막아서고 있는 병력들을 향해 백천기가 이끄는 신검백가의 무인들과 함께 곧바로 달려들었다.

그리고 마찬가지로 위쪽으로 파견된 두 칠대천의 세력의 연합군들 또한 순식간에 위로 치고 올라가 병력들을 제거하기 시작했다.

뚫으려는 자와·막으려는 자.

두 패거리의 싸움으로 인해 계단 위쪽에서 많은 이들이 목숨을 잃으며 아래로 떨어져 내렸다.

흥건한 피가 계단을 적시고 있었지만, 사실 어느 쪽이 유리한지 확인하는 건 그리 어렵지 않았다. 순식간에 위쪽으로 밀고 올라가는 병력들의 움직임이 눈에 들어왔으니까.

그렇게 병력들이 내성의 문을 여는 장치에 도달하기 위해 피비린내 나는 싸움을 이어 가는 사이, 내성의 입구 쪽에서도 큰 싸움이 벌어지고 있었다.

순식간에 치고 들어간 백천기의 손에 들린 검에서 검강이 뿜어져 나왔다.

콰앙!

입구를 지키고 있던 무인들의 육체가 터져 나감과 동시에 주변이 엉망으로 변했고, 흑랑방과 신검백가의 연합 병력은 상대가 정신을 차리지 못할 정도로 휘몰아쳤다.

순식간에 엄청난 숫자의 무인들을 정리한 상황.

그때 갑자기 커다란 환호성이 위쪽에서 들려왔다.

"우와와와!"

아래에서 미칠 듯이 싸우고 있던 장유희와 백천기는 황급히 고개를 치켜들었다.

그리고 두 사람의 시선이 향한 곳에는 장치가 설치되어진 장소에 들어선 아군의 모습이 보였다. 그리고 이내 그들 중 하나가 황급히 내성의 성문이 열리도록 장치를 조작하기 시작했다.

쿠웅!

장치를 잡아당기자 모두의 귓가로 하나의 소리가 울려오기 시작했다.

끼이이익.

큰 울림과 함께 성문이 천천히 내려가기 시작했다.

그렇게 내려가기 시작한 성문의 건너에서 조금씩 사람들의 모습이 보이고 있었다.

문이 열리기 시작하자 이곳에서 목숨을 걸고 싸우던 이들은 뒤도 보지 않고 도망치기 시작했다.

더는 여기서 싸웠다가는 승산이 없다는 사실을 알아서다.

조금씩 열리기 시작한 내성의 문.

그리고 그 내성의 문이 마침내 완전히 열리는 그 순간.

열려 버린 성문을 통해…… 수만의 병력을 뒤로한 채 혁련휘가 걸어 들어오고 있었다.

3장. 조우

— 일어나라

외성의 모든 정리가 끝나고 내성의 입구에 도달했던 혁련휘와, 그를 따르는 사만의 병력들.

그렇지만 목적지에 도착했는데도 불구하고 내성의 입구는 열리지 않았다.

내성의 북문 쪽을 바라보는 혁련휘의 표정은 심각했다.

그의 옆에 서 있는 부의민이 걱정스러운 어조로 중얼거렸다.

"이상하네. 벌써 뭔가 기미가 보여야 할 시간이 한참 넘었는데 말이야."

안으로 잠입한 별동대들이 움직여서 내성의 입구를 열어

야 했다. 그런데 그들이 문을 열기는커녕, 뭔가 자그마한 소란조차 일지 않고 있었다.

분명 문이 열리지 않는 것도 문제다.

그 때문에 발이 잡혀 이곳에서 대기하고 있으니까. 그렇지만 그보다 더 혁련휘가 걱정하고 있는 건 다름 아닌 환야와 달치의 안위였다.

내성 문이 열리길 기다리고 있을 혁련휘를 위해 어떻게든 임무를 완수하고자 할 그들이 들어갔음에도 불구하고 아직까지도 문을 열지 못했다는 건…… 그만큼 그들에게 위험한 일이 벌어졌음을 말해 주는 것이었다.

혁련휘가 옆에서 대기하고 있는 비설을 불렀다.

"비설."

"네, 형님."

걱정스러운 눈으로 내성을 응시하던 비설 또한 그의 부름에 즉각 반응했다. 그런 그녀를 향해 혁련휘가 물었다.

"외성에 잠입했을 때 뭐 이상한 점 없었어?"

혁련휘의 질문에 비설은 잠시 생각에 잠겼다.

하지만 이내 그녀는 고개를 저었다.

외성의 문을 여는 동안 딱히 수상쩍은 뭔가를 보지 못했기 때문이다.

비설의 대답을 들은 혁련휘의 시선이 다시금 내성의 입

구로 향했다.

시간이 지날수록 두 사람에 대한 걱정이 스멀스멀 밀려온다.

'대체 그 안에서 무슨 일이 있는 게냐.'

알 수가 없으니 혁련휘는 답답할 수밖에 없었다.

비설에게 전해 들었던 대로라면 벌써 한참 전에는 문이 열렸어야 한다. 그럼에도 불구하고 미동도 하지 않는 내성과, 소란조차 일지 않는 내부의 모습.

보이는 거라고는 내성 위편에서 자신들을 경계하고 언제든 싸울 준비를 끝낸 신도율 쪽의 무인들뿐이었다.

부의민이 조심스레 말을 걸어왔다.

"교주님, 환야 그 녀석이 스스로 말한 시간을 이렇게 어길 녀석이 아니지 않습니까. 뭔가 일이 벌어진 것 같은데…… 어떻게 하실 생각이십니까?"

"……."

부의민의 질문에 혁련휘는 침묵했다.

외성과 내성은 구조가 너무도 달랐다.

성벽 자체도 훨씬 두껍고 높았다.

물론 마음만 먹는다면 일부분을 부수고 들어가는 게 가능하다. 다만 내성 인근에는 방어를 하기 용이하게 깊은 수로가 파여 있다.

내성을 감싸 안고 있는 수로.

혁련휘를 비롯한 일부의 실력 있는 무인들이야 어렵지 않게 그 위를 넘나들겠지만, 나머지는 수로를 지나가는 동안 그대로 적에게 노출될 수밖에 없다.

억지로 힘으로 밀고 들어간다면 그에 상응하는 엄청난 피해를 입게 되는 상황인 것이다.

화살이 비처럼 쏟아질 것이고, 물을 이용해 독 같은 걸 풀어서 일행들의 발목을 잡을 수도 있다.

억지로 내성의 일부를 부수고 공격한다면 사만 중 절반인 이만에 가까운 무인이 들어가는 와중에 죽을 각오를 해야 한다.

그랬기에 혁련휘는 억지로 잠입하지 않은 채 문이 열리고 내성과 이어지는 다리가 내려오길 기다리는 것이다.

힘으로 밀고 들어가기도, 뭔가 안 좋은 일이 있는 게 분명한 환야가 문을 열기만을 기다리기도 뭐한 상황.

그 둘에게 무슨 일이 생겼을 거라는 생각에 혁련휘의 표정이 점점 험상궂게 변해 가던 그때.

챙챙!

갑자기 병장기끼리 충돌하는 소리와 함께 뭔가 내성 안쪽에서 싸우는 소리가 울려 퍼졌다.

동시에 크게 울리는 뿔피리 소리까지.

그 소리를 듣기 무섭게 부의민이 주먹을 쥔 손을 크게 휘두르며 환호했다.

"그렇지! 망할 자식들, 왜 이렇게 늦어 가지고 사람 걱정을 시키는 거야."

말을 하는 부의민의 얼굴에는 안도의 빛이 맺혔다.

그 또한 둘이 어떻게 된 건 아닌지 걱정하고 있던 탓에 내성에 벌어진 소란을 들으며 절로 안심할 수밖에 없었다.

소란이 이는 걸 확인한 혁련휘가 손을 들어 올렸다.

그 수신호는 곧 열릴 내성 입구로 들어갈 준비를 하라는 것이었다.

그리고 이윽고 위쪽을 지키고 있던 무인들이 휩쓸려 나가는 걸 보며 혁련휘가 앞쪽으로 성큼 걸음을 옮겼다.

그렇게 닫혀 있는 내성의 문으로 향하고 있는 그때 마침내 귓가로 커다란 소리가 울렸다.

끼이이익.

그 소리가 들려오는 순간 모든 이들의 가슴은 크게 널뛰기 시작했다.

드디어 돌아온 것이다.

마교로.

천천히 열리기 시작한 문이 마침내 수로의 위로 내려지며 내성으로 들어설 길이 만들어지는 그때 혁련휘가 안을 향해 빠르게 걸어 들어갔다.

그리고 그런 그의 뒤를 비설과 부의민, 그리고 마찬가지로 수만 명이나 되는 무인들이 빠르게 따라붙었다.

내성의 입구에 들어서는 그 순간 이곳을 막고 있던 무인들과 싸우고 있던 아군 병력들이 양옆으로 도열하며 혁련휘를 향해 부복했다.

그들의 커다란 목소리가 내성 입구에서 쩌렁쩌렁 울려 퍼졌다.

"교주님을 뵙습니다!"

내성으로 들어온 지금, 기뻐서 펄쩍 뛰어도 이상할 게 없는 상황이었지만 오히려 혁련휘의 표정이 돌변했다.

보이지 않는다.

환야가, 그리고 달치도.

아니, 애초에 이들은 자신이 들여보낸 별동대의 복식이 아니었다.

의아함이 밀려드는 그 순간 혁련휘의 눈에 들어온 것은 낯익은 몇몇 이들의 얼굴이었다.

어린 소녀가 혁련휘를 향해 다가왔다.

흑랑방의 방주 장유희였다.

그녀가 먼저 예를 갖췄다.

"장유희, 교주님께 인사 올립니다."

말을 내뱉는 그녀를 향해 혁련휘가 급히 물었다.

"내 수하들 못 봤어? 따로 별동대를 투입시켰는데 왜 그들이 아닌 네가 문을 연 거지?"

"사실 그와 관련해서 급히 보고를 드려야 할 부분이 있습니다. 교주님."

장유희가 서둘러 자신이 알고 있는 것에 대해 말했다. 별동대의 일부가 빠져나와 소란을 일으켰고, 그 덕분에 자신 또한 이 같은 일을 계획했다고.

그리고 처음부터 신도율 쪽에선 그곳에 함정을 파 놓고 별동대를 기다렸다는 사실도 말이다.

또한 그 함정을 파고 기다리던 이들 중에 우치와 고경천이 있다는 것도.

이야기를 전해 듣던 혁련휘가 말을 자르며 물었다.

"그 함정이 준비된 곳이라면 설마 혈뢰주가를 말하는 건가?"

"네, 제가 움직이기 전까지도 그쪽의 병력들이 움직이지 않은 걸 보면 그때까지는 정리되지 않았던 걸로 보입니다."

정말 장유희의 말처럼 함정이 준비되어 있었다면 별동대와 함께 들어선 환야와 달치는 생사를 장담할 수 없는 상황이다.

밖에서 걱정했던 일이 벌어졌다는 사실에 혁련휘는 다급

히 주변을 둘러봤다.

어떻게든 살려야 한다.

그 두 사람은 혁련휘에게 무척이나 의미 있는 이들이었으니까. 급히 뭔가를 찾아 대던 혁련휘의 눈에 들어온 건 역시나 비설이었다.

이같이 급한 상황에 누구보다 빠르게 움직일 수 있고, 또한 우치와 고경천을 맞상대할 수 있는 무인이니까.

지금 이런 상황에서 두 사람을 구해 낼 수 있는 아주 조그만 가능성을 현실로 만들어 낼 수 있는 건 비설뿐이다.

혁련휘가 급하게 그녀를 불렀다.

"비설, 아무래도……."

"제가 움직일게요. 우선 그쪽에 있을 병력들을 제압할 무인들을 붙여 주세요. 물론 제가 먼저 도착하겠지만 늦더라도 그곳에 저희 쪽 병력이 도착해야 할 테니까요."

굳이 말을 내뱉지 않았음에도 비설이 먼저 대답했다. 그녀 또한 지금 자신이 움직여야 한다고 판단한 것이다.

혁련휘가 옆에 있는 비설의 손을 움켜쥐었다.

두 사람의 시선이 허공에서 마주쳤다.

하고 싶은 말이 참으로 많은데…… 시간이 없다는 사실이 안타까웠다.

"부탁한다."

걱정 가득한 목소리에 비설이 미소와 함께 고개를 끄덕였다.

"몸조심하세요. 두 분을 구하고 바로 형님을 도우러 갈게요."

말을 마친 비설은 혁련휘와 꽉 쥐고 있던 손을 풀었다. 그러고는 곧바로 몸을 돌려 혈뢰주가가 있는 방향을 향해 달려 나갔다.

혈뢰주가 쪽으로 달려 나가는 비설, 그리고 그런 그녀의 뒤를 쫓을 무인들을 부의민이 황급히 편성하며 그쪽으로 가게 명령했다.

병력을 순간적으로 나누는 그사이 조금이나마 냉정을 되찾은 혁련휘가 이내 자신의 눈에 들어오는 누군가를 발견하고는 움찔했다.

생각지도 못한 이가 옆에 자리하고 있었다.

눈이 마주쳤다는 사실을 알자 상대가 포권을 취하며 깊게 고개를 숙였다.

그런 그를 향해 혁련휘가 입을 열었다.

"……백천기. 네가 왜 이곳에 있는 거지?"

백천기는 예전 혁무조가 있었던 시절부터 자신과 대립하는 쪽에 있었던 인물이다. 그런 그가 지금 이곳에 있다는 사실이 이해가 가지 않은 것이다.

혁련휘의 질문에 옆에 있던 장유희가 상황을 설명했다.

"백 가주님이 도와주셔서 내성 입구를 쉽게 열 수 있었습니다, 교주님."

장유희의 말이 끝나는 순간이었다.

털썩.

백천기가 혁련휘를 향해 무릎을 꿇었다.

그러고는 이내 바닥에 고개를 처박고 나지막이 말했다.

"죄송합니다, 교주님. 모자란 제가 늦게나마 교주님께 용서를 구하고자 합니다."

말을 끝내고도 백천기는 고개를 들지 못하고 그 상태 그대로 고개를 푹 숙이고만 있었다. 말없이 그런 그를 내려다보던 혁련휘의 옆으로 부의민이 다가왔다.

그가 급히 말했다.

"교주님 부대 편성을 끝냈습니다. 가시죠."

부의민의 말에 혁련휘는 고개를 끄덕였다.

이곳에서 길게 시간을 끌고 있을 생각은 없다. 내성의 거점들을 빠르게 장악하고, 또 이 모든 일의 원흉인 신도율을 제거해야 한다.

그가 빠져나가지 못하도록 서둘러야 했다.

혁련휘가 두어 걸음 움직이더니 엎드려 있는 백천기의 옆에 와서 다시금 멈추어 섰다.

혁련휘가 입을 열었다.

"내성 입구를 여는 데 공로가 있다곤 하지만 네가 지은 일에 대한 처벌도 있을 것이다."

"……각오한 바입니다."

땅에 고개를 박은 채로 최대한 덤덤하게 말을 내뱉는 백천기를 내려다보던 그가 갑자기 몸을 낮췄다.

혁련휘의 손이 고개조차 들지 못하고 엎드려 있는 백천기의 어깨를 움켜쥐었다. 놀란 듯 그가 고개를 치켜들었다.

그때 혁련휘가 백천기의 어깨를 잡아 그를 일으켜 세웠다.

"일어나라, 백천기. 뒤에서 네 아들이 보고 있다."

혁련휘의 그 한마디에 백천기는 가슴 한편에서 뭔가가 울컥하고 밀려왔다.

직접 일으켜 세워 주는 혁련휘의 행동에, 모두의 앞에서 신도율에게 발로 짓밟혔던 그 날 입었던 상처가 치유되는 것만 같은 착각이 일었다.

그리고 후회가 밀려들었다.

왜 이제야 이 사내의 진가를 알아본 것일까?

권력이라는 욕심에 눈이 멀어 가장 중요한 게 무엇인지를 잃고 살았던 게 아닐까?

아까웠다.

이 사내와 대립해 왔던 그 일 년이 넘는 시간들이.

혁무조를 빼다 박은 사내, 그랬기에 확신할 수 있었다. 이 사내는 마교를 예전보다 훨씬 더 낫게 바꿀 수 있을 거라고.

백천기를 일으켜 세운 혁련휘가 장유희를 향해 말했다.

"덕분에 내성에 들어올 수 있었다. 고맙군."

"아버지의 유지를 따랐을 뿐입니다."

덤덤하니 말을 내뱉는 장유희를 보며 혁련휘는 고개를 끄덕였다.

장룡과 대화를 나누다 잠깐 스치듯 본 것이 전부였고, 이름뿐인 방주가 아닌 실제로 흑랑방을 이끌게 된 이후로 본 건 이번이 처음이었다.

그렇지만 어린 나이가 믿어지지 않을 정도의 강단 있는 모습은 한 세력의 수장으로서 충분했다.

혁련휘가 말했다.

"장룡이 한 말이 사실이었군."

"뭘 말씀하시는 건가요?"

물어 오는 장유희를 향해 혁련휘가 그에게 들었던 말을 꺼냈다.

"장룡이 말했거든. 자기 딸은 훌륭한 방주가 될 거라고. 그리고 그가 맞았군."

혁련휘의 그 말에 장유희는 그저 지그시 눈을 감을 뿐이었다. 죽은 아버지를 떠올리는 것만으로도 마음이 아팠다.

동시에 그를 죽게 만든 신도율에 대한 복수심이 치솟아 올랐다.

그런 그녀를 향해 혁련휘가 말했다.

“지금부터 난 신도율의 본진을 치러 갈 생각이다. 여태까지도 고생했겠지만 마지막까지 부탁하지.”

“예, 교주님.”

혁련휘의 말에 장유희가 고개를 끄덕였다.

이제부터 그녀는 내성 곳곳에 있는 신도율의 잔당을 제압하는 일에 나설 생각이었다.

말을 끝낸 혁련휘는 곧바로 병력들을 이끌고 내성의 안쪽으로 가기 위해 움직였다. 그리고 때마침 이곳에서 울렸던 뿔피리 소리에 몰려들던 무인들이 앞을 막아섰다.

혁련휘가 이끄는 병력들은 단숨에 그들을 돌파하며 목적지를 향해 달려가기 시작했다.

추가 병력을 순식간에 쓸어버리고 나아가는 혁련휘를 잠시 바라보던 장유희가 옆에 서 있는 백천기를 향해 조심스레 물었다.

“백 가주님은 어쩌실 생각이신가요?”

“방주를 돕고 싶은데 괜찮겠소?”

“저야 좋지만…….”

너무도 적극적으로 나서는 백천기를 향해 장유희가 곁눈질을 할 때였다.

이제는 보이지도 않을 정도로 멀어져 버린 혁련휘, 그리고 길게 줄을 이어 따라 들어가는 수만에 달하는 무인들을 지켜보던 백천기가 조심스레 입을 열었다.

"……저분에게 조금이나마 더 용서를 구하고 싶어져서 말이오."

싸울 것이다.

이제는 자신을 위해서가 아니라 마교를 위해서.

그리고 마교의 교주인 혁련휘를 위해서.

* * *

칠대천의 수장인 장유희와 백천기의 도움으로 열린 내성의 입구.

그로 인해 내성의 곳곳은 이미 갑절 정도 많은 혁련휘의 병력들에 의해 순식간에 점령되고 있었다.

그리고 그렇게 들어선 병력들 중 일부가 마침내 이곳 혈뢰주가마저 치고 들어오는 상황이었다.

싸움이 벌어지던 이곳은 물론이거니와, 혹시 모를 일에 대비해 인근에 포진시켜 둔 무인들까지.

그들이 압도적으로 많은 혁련휘 측 무인들에게 제압당하는 건 시간문제나 다름없었다.

물론 그런 일이 가능하게 하기 위해서 필요한 하나의 전제 조건.

바로 비설이 마주하고 있는 이 둘, 우치와 고경천을 제거했을 때의 이야기다.

절대고수란 그런 것이다.

한 명이 있고 없고만으로도 승패를 좌지우지할 정도의 영향력을 끼치는. 눈앞에 있는 두 사람 모두 어지간한 무인 수백 명 정도는 눈 깜짝할 사이에 제거할 정도의 실력자들이다.

그런 둘을 동시에 상대해야 하는 비설.

그녀의 책임감은 막중했다.

자미쌍검을 든 채로 둘을 마주하고 있는 비설이 환야를 지키고 서 있는 달치를 향해 소리쳤다.

"달치 아저씨! 계속해서 환야 아저씨 좀 부탁드릴게요!"

"알았다. 달치 환야 지킨다."

달치가 힘차게 고개를 끄덕이며 그 누구도 환야에게 접근하지 못하게 하겠다는 듯 양팔을 크게 벌렸다.

달치의 도움을 받는다면 싸움은 더 빠르게 끝낼 수도 있다.

그렇지만 이들의 성격상 상황이 불리해지면 다친 환야를 인질로 삼거나 하는 짓도 서슴없이 할 것임을 잘 알기에 비설은 둘을 홀로 감당하기로 정한 것이다.

비설은 그들이 달치와 환야를 노리지 못하게 거리를 좁혔다.

고경천이 그런 그녀를 향해 불쾌한 듯 말했다.

"혼자서 우리 둘을 상대하겠다고?"

"못 할 것 같아요?"

멀쩡한 상태가 아니라고는 해도 자신들이 이런 취급을 받는다는 사실에 고경천은 기가 막힐 지경이었다.

자하도에서부터 이곳 중원까지.

모든 곳에서 최고의 무인으로 칭송받아 온 자신들의 삶이다.

그런 자신들이 저렇게 새파랗게 어린 여인에게 얕보이고 있다는 사실을 어찌 받아들여야 할까?

마음 같아서는 단신으로 비설을 으깨 버리고 싶은 심정이었지만…….

지금 몸 상태로 일대일은 무리라는 걸 잘 알고 있다. 그리고 혁련휘의 병력이 내성에 들어온 이상 자신들 또한 이곳에서 시간을 오래 낭비할 수 없다는 것도.

고경천과 우치는 서로의 얼굴을 바라봤다.

말없이 고개를 끄덕이는 것만으로 이미 모든 대화는 끝이 났다.

우치가 슬쩍 옆으로 움직이는 것과 동시에 고경천은 검을 비스듬히 세워 아래로 겨누었다. 당장이라도 돌진할 것 같은 자세를 취한 고경천, 그리고 그런 그를 견제하는 사이 시야의 사각으로 들어서려는 우치까지.

우치와는 싸워 봐서 잘 알고 있다.

거구, 그렇지만 생긴 것과는 다르게 힘뿐만이 아닌 민첩함도 지니고 있다.

우치의 오른발, 왼발이 조금씩 옆으로 움직이며 비설의 시야에서 벗어났다.

그렇지만 이미 비설의 모든 감각은 날카롭게 세워진 상태.

'왼손이 박살 난 상황. 그렇다면…….'

우치의 공격은 발보다는 주먹으로 시작될 공산이 컸다. 그리고 오른손밖에 쓸 수 없는 상황이라면 보법을 내딛는 것만 잡아낼 수 있다면 날아드는 방향마저 읽어 낼 수 있다.

고경천과 우치가 비설의 앞뒤로 정확하게 곤(丨) 자로 위치하는 순간이었다.

둘이 약속이라도 한 듯이 동시에 뛰어올랐다.

앞뒤로 달려드는 둘의 몸이 순간적으로 비설의 몸을 가렸다. 둘의 공격이 동시에 날아들었다.

휘익! 휙!

앞에서 날아드는 고경천의 검, 뒤편에서 날아드는 우치의 주먹까지.

순식간에 날아드는 둘의 공격.

그 공격은 단번에 비설을 짓뭉개 버릴 것만 같았다. 동시에 날아든 둘의 공격이 마침내 목표물인 그녀에게 닿는 그 순간.

파앙!

멈춰진 둘의 공격.

그리고 공격을 가했던 둘의 안색이 변해 있었다.

비설이 두 자루의 검으로 각자 그들의 공격을 받아 낸 것이다. 가슴 앞과 등 뒤에 동시에 사선으로 검을 기울인 채로.

두 사람에 비해 덩치도 작고 왜소해 보이는 그녀가 날아드는 공격을 두 자루의 검으로 받아 낸 채 버티고 있는 장면은 가히 압권이었다.

고경천이 이를 악물었다.

"죽여!"

거리는 지척, 그리고 둘의 힘이라면 당장이라도 으깨버릴 수 있다 여겼다.

비설이 검 두 자루로 너무도 쉽게 자신들의 공격을 막아 낸 사실에 당황하고 있던 우치도 퍼뜩 정신을 차렸다.

그러고는 고경천의 말대로 황급히 다음 공격을 이어 갔다.

주먹 하나 비집고 들어가기 힘들 정도로 가까운 거리. 순식간에 세 사람의 움직임이 뒤엉키며 초근접전이 펼쳐졌다.

파바박!

고경천의 검이 급속도로 회전하며 휘몰아쳤고, 뒤를 잡은 우치 또한 매섭게 주먹을 움직였다. 그런 둘의 공격의 범위 안에 있는 비설은 무척이나 위태로워 보였다.

마치 폭풍 속에 자리하고 있는 한 그루의 나무 같은 느낌.

미칠 듯이 휘몰아치는 공격 속에서 비설의 몸이 부드럽게 움직이고 있었다. 그녀의 상반신이 뒤로 확 꺾이며 고경천의 검을 흘려 냈다.

동시에 발을 번쩍 들어 올려 찍어 내리는 우치의 움직임에 검의 손잡이를 움직여 받아쳤다.

퍽.

우치가 오히려 뒤로 밀려 나가는 찰나 상체를 일으켜 세운 비설의 자미쌍검이 빠르게 고경천을 향해 움직였다.

캉캉캉!

고경천과의 거리를 벌린 비설의 몸이 허공에서 회전했다. 그의 발이 빠르게 뒤편으로 휘둘러졌다.

밀려 나갔다가 다급히 달려들던 우치는 순간적으로 날아오는 비설의 발을 보고 놀란 듯 멀쩡한 오른손으로 얼굴 부분을 감쌌다.

시야가 가려지는 그 찰나, 비설은 그 기회를 놓치지 않았다.

얼굴 정면을 노리던 그녀의 발이 허공에서 살짝 방향을 바꿨다. 발이 얼굴을 가리기 위해 들어 올린 우치의 팔 쪽을 파고들었다.

팔과 턱 사이를 비집고 들어간 비설의 발이 아래로 움직였다.

타악.

그녀의 발이 우치의 팔을 아래로 끌어 내렸다.

동시에 비어 버린 우치의 목 부분으로 비설의 반대편 발이 파고들었다.

퍽!

"컥!"

단말마의 비명과 함께 우치가 자신의 목을 움켜쥔 채로 뒤로 주춤거리며 밀려났다.

정확하게 목에 일격을 허용하며 숨이 턱 하고 막혀왔다. 새빨갛게 달아오른 얼굴, 동시에 목구멍에서 피가 뿜어져 나왔다.

우치에게 일격을 가하고 착지한 비설의 뒤편으로 검은 그림자가 다가왔다.

번쩍!

검기가 휩싸인 검을 휘두르고 들어오는 고경천을 향해 그녀 또한 몸을 비틀며 자미쌍검으로 막아섰다.

캉!

충돌과 함께 둘 사이에서 보이지 않는 기운들이 상대를 향해 날카로운 이를 드러냈다.

파바박.

무형의 기운들이 서로의 몸을 할퀴고 지나갔다.

비설의 볼과 팔, 옆구리에서 피가 퓻 하고 터져 나왔다. 그런 비설과 충돌했던 고경천, 그의 몸에서는 그녀의 갑절 이상은 되는 상처가 생겨져 있었다.

거기다 팔뚝을 길게 베고 지나간 상처는 생각보다 깊었다.

검을 맞댄 상태에서 점점 밀리고 있는 고경천을 본 우치가 정신을 차리고 비설을 향해 달려들었다.

민첩하게 파고든 그의 주먹이 비설의 머리통으로 날아들었다.

주먹이 막 닿으려는 찰나 그녀의 몸이 옆으로 기울었다. 동시에 발로 땅을 박차며 몸을 반 바퀴 회전시킨 비설.

그녀가 머리를 아래쪽으로 향해 있는 상황에서 발을 올려 쳤다.

퍽!

턱에 틀어박힌 일격에 우치의 목이 뒤로 휙 꺾였다.

머리가 어질어질해질 정도의 충격, 그 상황에서 비설의 검이 우치의 가슴으로 날아들었다. 번쩍 정신을 차렸지만 반응하기엔 너무 늦었다.

최소한의 피해를 내기 위해 몸을 움츠리는 그사이에 고경천이 가까스로 비설의 공격을 받아 냈다.

캉!

비설의 검이 멈추는 그 순간 우치는 서둘러 자신의 주먹을 휘둘렀다.

쐐에에엑!

권기가 실린 주먹이 요동쳤다.

퍼퍼퍽!

날아드는 그의 주먹을 비설은 황급히 팔로 막아 냈다. 어렵지 않게 받아 내긴 했지만 우치의 힘은 상당했다. 그녀 또한 막아 낸 팔을 타고 밀려드는 고통 때문인지 표정을 찡그렸다.

움츠러드는 비설의 움직임을 보는 순간 고경천과 우치는 동시에 지금이 기회라 여겼다.

둘 모두 뛰어난 무인이었기에 상대의 취약한 기회를 번개처럼 알아챘다.

곧바로 둘이 앞뒤에서 치고 들어갔다.

피하기 어렵게 거의 동시에 날아드는 둘의 공격.

빈틈은 없다 자부할 수 있었다.

허나 그건…… 상대가 다른 무인이었을 때의 이야기다.

빙그르르 회전하며 앞뒤를 동시에 베고 지나가는 비설의 자미쌍검.

완벽한 기회라 여기고 치고 들어오던 고경천과 우치가 그런 그녀의 공격에 도리어 뒤로 물러서고야 말았다.

그리고 마치 약속이라도 한 듯이 두 사람의 몸에서 피가 터져 나왔다.

"크읏."

우치가 배를 움켜쥔 채로 신음을 토해 냈고, 어깨를 베인 고경천은 서둘러 자세를 잡고 비설의 다음 공격에 대비했다.

그 순간 몸을 바닥에 엎드릴 것처럼 낮췄던 그녀가 굽혔던 무릎에 힘을 주며 회전했다.

팽이처럼 회전하며 날아드는 그녀의 검이 고경천을 향해 연신 몰아쳤다.

파파파파팡!

막아 내는 것이 고작이었다.

일방적으로 몰아붙이는 비설의 공격을 막는 것만으로도 고경천은 모든 신경을 집중해야 할 정도였다.

회전하며 몰아치던 비설의 발이 땅에 닿는 순간 그녀가

다시금 날아올라 재차 회전했다. 두 자루의 검이 계속해서 날아들었다.

팡팡팡!

'뭐 이렇게 빨라?'

이 여인과 싸우며 알게 된 사실.

약점이 없다.

공수 모두에서 뛰어나고 속도면 속도, 힘이면 힘 모자란 게 없다. 거기에 나이에 어울리지 않는 노련함과 생각지도 못한 변수를 만들어 내는 능력까지.

대체 어떤 방식으로 공략해야 할지 답조차 나오지 않는 상대다.

파앙!

둘이 크게 충돌하는 순간 마침내 견디지 못한 고경천의 손아귀가 찢어졌고, 동시에 쥐고 있던 검 또한 튕겨져 나갔다.

비설의 자미쌍검이 그대로 비어 버린 틈을 찌르고 들어왔다.

푸욱!

검이 어깨에 박혔다.

그리고 반대편에서 날아드는 자미쌍검 한 자루는 가까스로 손으로 잡아낼 수 있었다.

검이 박힌 어깨와 검날을 그대로 손으로 움켜쥔 고경천

의 손에서 피가 뚝뚝 떨어져 내렸다.

그의 얼굴이 고통으로 사정없이 일그러졌다.

어깨에 틀어박힌 검을 움직이지 못하게 하기 위해 고경천은 나머지 손 또한 사용해야 했다. 다급히 뻗은 손으로 그녀의 손목을 움켜쥔 것이다.

그 상태로 밀려드는 비설의 내력에 대응하려는 듯이 고경천 또한 기운을 끌어 올렸다.

둘의 주변에서 넘실거리기 시작한 무형의 기운.

그렇지만 곧 고경천의 입에서는 연신 피가 떨어져 내렸다.

내력에서조차 고경천은 비설을 이길 수가 없었다.

그 양도, 질도 모두 비설이 앞섰다.

온갖 영약을 먹으며 키워진 비설의 내공은 보통 무인이 지닐 수 있는 수준이 아니었으니까.

양손 모두가 이미 비설의 자미쌍검을 막기 위해 묶여 있는 상황. 턱을 타고 흘러내리는 피가 옷을 적실 정도로 뚝뚝 떨어져 내렸지만 고경천은 그걸 닦을 수조차 없었다.

고경천은 비설과 맞닿은 상황에서 계속 밀려드는 그녀의 내력에 고통을 받으면서도 버텨야만 했다.

조금이라도 밀려나는 그 즉시 끝난다는 걸 알기 때문이다.

특히나 지금 어깨에 박혀 버린 이 검.

힘이 풀리는 순간 어깨에 틀어박혀 있는 이 검이 사선으로 몸을 두 동강 내 버릴지도 모른다.

'내가 이토록 쉽게 패하다니…….'

간신히 검과 손목을 움켜쥔 채로 목숨만을 부지하고 있는 자신의 모습이 초라하기 그지없었다. 그렇지만 지금은 그런 걸 따질 때가 아니었다.

어떻게든 이 위기에서 빠져나가야 한다.

버티고 있다고는 하지만 결국 밀리게 될 것이 자명한 사실이었기 때문이다.

너무도 일방적인 싸움.

사실 애초부터 이 싸움의 승자는 정해져 있는 것이나 다름없었다.

환야와 달치, 유영인과 별동대와 싸우는 동안 이미 많은 내력을 소모한 두 사람이다. 거기다가 외상까지 적잖이 입은 그 둘이 한 수 이상 위의 무인인 비설을 감당해 낼 수 있을 리 만무했다.

어떻게든 버티려 했지만 결국 입에서 피가 철철 흘러넘치자 고경천의 몸 또한 기울어졌다.

그가 한쪽 무릎을 땅에 꿇으면서 위에서 강하게 밀어붙이는 비설의 힘에 저항했다.

하얗게 질려 버린 얼굴로 그가 힘겹게 입을 열었다.

"우, 우치……!"

고경천이 다급히 우치의 이름을 불렀다.

비설에게 배가 베인 순간 잠시 주저앉았던 우치, 그렇지만 죽을 정도의 부상도 아니었기에 움직이는 데에는 별 무리가 따르지 않았다. 그럼에도 불구하고 우치는 아까부터 멈칫거리며 망설이고 있었다.

왜냐하면…….

'젠장, 내가 낀다고 해서 뭐가 바뀔 상황이 아닌데?'

같이 덤볐는데도 당하기만 한 둘이다.

그런 상황에서 자신의 부상은 더욱 심해졌고, 고경천은 딱 봐도 싸우기 힘들 정도로 망가져 버렸다.

고경천을 구하기 위해 달려든다면 당장에야 그를 구할 순 있겠지만…… 결국 비설을 혼자 감당해야 한다.

둘이서도 하지 못한 일, 혼자서 할 수 있을 리가 없지 않은가.

생각이 거기까지 미치자 우치는 결정을 내렸다.

'……굳이 개죽음을 당할 필요는 없지.'

어차피 지금 당장엔 고경천이 비설을 잡고 있는 상황이다.

거기다 밀려든 혁련휘의 병력과 싸우는 수하들의 숫자도 아직까진 적잖이 있다.

도망칠 기회는 지금뿐이다.

우치가 재빠르게 몸을 돌리고는 소리쳤다.

"고경천! 최대한 버텨! 대장한테 가서 병력을 데리고 올 테니까!"

맘에도 없는 거짓말을 내뱉으며 우치가 허둥지둥 뒤편으로 몸을 날렸다.

순식간에 도망치는 우치를 본 고경천이 이를 악물었다.

바보도 아니고 지금 우치가 내뱉은 말을 믿을 리가 없지 않은가.

혹 저 말도 안 되는 개소리가 사실이라고 할지언정, 병력을 데리고 올 때까지 자신이 살아 있을 리 만무했다.

고경천은 알고 있었다.

우치가 혼자 살기 위해 내빼고 있다는 사실을.

고경천이 멀어져 가는 그의 뒷모습을 보며 욕설을 내뱉었다.

"우치! 우치! 이 비겁한 새끼야! 돌아오지 못해?"

허나 그런 그의 외침에도 우치는 아랑곳하지 않고 더 멀어져만 갈 뿐이었다.

고경천은 더욱 깊숙이 박혀 들어오는 차디찬 검의 감촉을 느끼며 고개를 치켜들었다.

그의 입에서 악에 찬 비명 소리가 터져 나갔다.

"으아아아아! 우치이이!"

4장. 또 다른 위험

— 데려다줘

분노와 고통으로 구겨진 고경천의 얼굴.

동료인 자신을 버리고 간 우치의 행동에 이를 갈고 있었지만, 고경천 본인은 모르고 있었다.

그 또한 크게 다르지 않다는 사실을.

환야와 유영인이 저렇게 된 것 또한 같은 편인 흑백쌍존을 희생시킨 덕분에 가능했던 일이다.

아무렇지 않게 아군을 희생시키던 고경천, 그리고 마찬가지로 위험에 처한 같은 편 따위는 안중에도 없이 스스로의 안위만을 생각하며 도망친 우치.

상황만 조금 달랐을 뿐 결국 고경천이나 우치나 똑같은

이들이었다.

고경천은 검이 박힌 어깨와, 검날을 잡고 있는 손의 상처가 깊어질수록 점점 시야가 흐릿해지고 있었다.

너무나 많은 피를 흘려서 이제는 어질어질할 지경이다.

'……시간이 없다.'

가능성은 거의 없지만 승부수를 던질 거면 조금이라도 더 멀쩡한 지금 봐야 했다.

이제는 뒷일을 염두에 두고 뭘 할 때가 아니다.

눈앞에 있는 상대.

이 비설이라는 자를 죽여야 그 이후의 뭔가도 꿈꿀 수 있었다.

상대는 분명 이겼다고 생각하고 일말의 방심을 가지고 있을 것이다.

이런 상황에 생각지도 못한 공격을 펼친다면…… 가능성은 있었다.

마지막 한 방을 펼치기로 마음은 먹었지만 사실 지금 이런 상황에서 할 만한 공격은 그리 많지 않았다. 거리는 지척, 어깨는 검에 관통되어 있고 다른 손은 검날을 잡고 있느라 움직이기 쉽지 않다.

그런 지금 할 수 있는 최선의 선택.

'아무런 것도 내주지 않고 이길 상대가 아니다.'

검이 박혀 있는 쪽의 팔을 내준다.

손목을 잡고 있던 손으로 오히려 비설을 끌어들이며 일격을 가하기로 정한 것이다.

물론 그 대가로 어깨가 아예 꿰뚫리게 될 테고, 심하면 팔 한쪽은 영영 못 쓰게 되겠지만 지금은 목숨이 먼저다.

생각을 정한 고경천은 여전히 양팔을 막고 있으면서도 단전의 한쪽에 내공을 끌어모았다.

마치 점점 힘이 부족해서 밀리는 것처럼 보이곤 있었지만 그 조금씩을 모아 하나의 커다란 기운으로 뿜어내기 위한 계책이었다.

힘을 분산하니 당연히 그나마 버티고 있던 균형 또한 무너졌다. 무릎은 꿇려 있다 못해 점점 땅속으로 밀려들었고, 어깨와 손바닥 더욱 깊숙이까지 검이 파고들었다.

고도의 집중을 해야 했고 덩달아 점점 고통이 심해지니 절로 식은땀이 줄줄 흘러내렸다.

그럼에도 고경천은 이를 악물었다.

'한 방!'

지금 날릴 이 한 방으로 승부를 지어야 한다.

살이 찢겨져 나가는 고통을 감수하면서 모았던 내력이 순간적으로 단전에서 휘몰아쳤다. 순간 고경천의 눈동자가 꿈틀했다.

지금이다.

고경천은 어깨에 검이 박힌 그 상태로 비설 쪽으로 몸을 밀어붙였다.

당연히 검은 보다 깊게 어깨를 관통했고, 동시에 손목을 잡고 있던 손을 풀었다.

순간적으로 좁혀진 거리.

고경천의 손에 새하얀 강기가 피어올랐다.

크기는 그리 크지 않았지만 이 정도 거리라면 단번에 상대의 목숨을 끊어 버릴 충분한 위력을 지닌 수강이었다.

단검처럼 날카롭게 치솟은 수강.

거기에 좁혀진 거리까지. 고경천이 회심의 일격을 내뻗었다.

“죽어!”

몸을 비집고 들어가며 고경천이 손을 내뻗었다.

파아앙!

그의 손에 휩싸인 수강이 비설의 심장을 꿰뚫을 것처럼 날아들었다.

피할 수 없다 생각했다.

이처럼 짧은 거리, 그리고 수강이라는 것 자체가 살짝 피한다고 위험 범위에서 빠져나갈 수 있을 정도로 간단한 공격이 아니었다.

그런데…….

순간 땅을 박찬 비설은 자미쌍검을 쥐고 있던 손을 놨다.

그러고는 아무렇지 않게 거리를 좁혀 오는 고경천의 머리를 손바닥으로 짚으며 가볍게 그의 머리 위로 한 바퀴 돌며 회전했다.

빙글.

회전한 그녀의 몸은 이미 고경천의 등 뒤로 가 있었고, 수강은 앞으로 쏘아져 나갔다.

쿠카카캉!

크기는 작았지만 수강의 위력은 무시무시했다.

정면에 삼 장 반경 내에 있던 것들이 모두 휩쓸리듯 터져 나갔으니까 말이다.

허나 문제는 그곳에 비설은 없었다는 거다.

다가오던 고경천의 머리를 잡고 회전한 그녀는 수강의 범위에서 가장 안전할 수 있는 그의 뒤편에 자리 잡고 있었으니까.

너무도 가까웠던 거리, 그랬기에 손이 근처에 도달하기 직전에 먼저 머리를 짚고 그 뒤로 넘어갈 수 있었던 것이다.

등 뒤를 완벽히 장악한 그녀가 재빠르게 움직였다.

퍽!

비설은 곧바로 고경천의 등을 발로 걷어찼다. 얼결에 그는 바닥에 엎어진 듯 쓰러져야만 했다.

동시에 자미쌍검이 아예 그를 관통해 버리고야 말았다.

"크억!"

진한 피가 바닥으로 흩뿌려지는 그 순간.

비설의 손이 아래로 향했다.

그 순간 바닥에 떨어져 있던 나머지 한 자루의 자미쌍검이 허공섭물로 인해 그녀의 손으로 빨려 들어왔다.

비설은 엎어진 고경천이 움직일 수 없도록 망설이지 않고 발로 그의 등을 내리눌렀다.

바닥에 고꾸라진 고경천은 고개를 땅에 파묻은 채로 거칠게 소리를 질러 댔다.

"가, 감히 날!"

비설은 엎드린 채로 고래고래 소리를 지르는 고경천을 가만히 내려다봤다.

많은 악행을 한 자다.

자신들뿐만이 아니라 힘없는 이들을 마치 물건처럼 사용하며 죽게 만든 사람. 그런 그에게 편안한 죽음은 어울리진 않지만…….

비설은 그대로 뒤편에서 강하게 검을 꽂아 넣었다.

푸욱!

검은 등 뒤로 해서 심장을 관통했고, 그대로 고경천은 부르르 떨다가 이내 움직임이 잦아들었다.

축 처진 채로 아무런 행동도 하지 못하는 그, 고경천이 그렇게 죽은 것이다.

비설은 말없이 박아 넣었던 검과, 그를 돌려 눕혀 어깨에 박혀 있던 나머지 한 자루까지 뽑아내고는 차가운 목소리로 말했다.

"제가 사람 괴롭히는 취미는 없어서 깨끗하게 보내준 걸 감사하게 생각해야 할 거예요, 당신은."

말을 마친 비설은 곧바로 몸을 돌려 한쪽에 자리하고 있는 환야와 달치를 향해 달려갔다.

비설은 환야의 상태부터 확인했다.

"아저씨! 괜찮아요?"

몸을 굽힌 채로 환야를 바라보며 비설이 다급히 물었다.

주저앉아 있던 환야는 힘겹게 고개를 끄덕였다. 산송장이나 다름없는 상태의 그였지만 비설과 둘의 싸움은 끝까지 눈으로 보고 있었기에 싸움이 끝이 났음을 알고 있었다.

환야가 희미하게 웃으며 입을 열었다.

"……난 괜찮으니까 너무 걱정하지 마. 운이 좋아서 심장은 빗겨 갔거든."

엄청난 양의 피를 쏟아 내긴 했지만 비설 덕분에 시간을 벌었고, 그로 인해 점혈을 통해 출혈도 멈추게 할 수 있었다.

덕분에 가장 위험한 순간은 넘기긴 했지만…….

환야가 이내 비설의 어깨를 움켜쥐었다. 갑작스러운 그의 행동에 비설이 왜 그러냐는 듯 바라볼 때였다.

"날……누님에게 좀 데려다줘."

말을 하는 환야의 표정은 좋지 않았다.

본인이 힘들어서도 있지만 그보다 더욱 문제는 환야를 대신해 검강을 정면으로 받아야만 했던 유영인의 상태가 눈에 띌 정도로 나쁘기 때문이었다.

환야의 말에 비설은 그를 일으켜 세우고는 다소 떨어진 곳에 쓰러져 있던 유영인이 있는 쪽으로 안내했다.

유영인은 제대로 눈도 뜨지 못한 채로 쓰러져 있긴 했지만, 가쁜 숨소리가 들려오는 것으로 살아 있다는 걸 말해주고 있었다.

그녀의 바로 옆에 주저앉은 환야가 조심스레 손을 내뻗었다.

"누님……."

환야의 손이 유영인의 얼굴에 닿았다.

얼굴에 닿는 감촉을 느끼고서야 유영인은 바짝 마른 입술을 달싹였다.

"싸움…… 끝났어?"

눈이 보이지 않은 지 꽤나 오랜 시간이 지난 탓에 그녀는 이 싸움이 어떻게 되었는지조차 알지 못했다. 환야가 죽을 뻔하던 걸 눈물을 흘리며 보던 것이 그녀가 본 마지막이었으니까.

이후에 비설이 나타났다는 것까지 알고 그제야 한숨 놓았을 뿐, 그 이후부터는 기억이 드문드문 날 정도로 멍했다.

숨은 조금씩 가빠 왔고, 머리는 점점 멍해진다.

유영인의 질문에 환야는 고개를 끄덕이며 대답했다.

"응, 누님. 싸움 끝났고 우리 전부 살았어."

환야의 그 말에 유영인은 보이지 않는 눈을 뜬 채로 힘겹게 웃었다.

"……다행이네."

말을 마치는 순간 유영인의 입가에서 다시금 피가 터져 나왔다. 누워 있던 탓에 피가 그대로 하관을 적셨지만 그녀는 꿈쩍할 힘조차 남아 있지 않았다.

흘러내리는 피를 손으로 닦을 힘도, 심지어 고개를 가볍게 옆으로 돌리는 것조차 지금의 그녀에겐 세상 그 어떠한 것보다 힘든 일이었다.

그런 유영인을 보며 환야가 다급히 말했다.

"누님, 조금만 기다려. 내가 어떻게든……."

"아니, 그럴 필요 없어."

유영인이 말을 내뱉으며 환야가 있는 방향으로 눈동자를

돌렸다. 잘 보이진 않지만 뿌연 시야 저 건너에서 눈물을 뚝뚝 흘리고 있는 환야의 모습이 보이는 것만 같았다.

그리고 그녀의 눈에 비치는 건 지금의 환야가 아닌 아주 어렸을 적 자하도에서 함께 지냈던 그의 모습이었다.

허나 그 어릴 때의 모습이 마치 안개가 걷히듯 사라지며 그곳에는 이미 훌쩍 커 버린 한 사내가 눈물을 흘리고 있었다.

유영인이 입을 열었다.

"정말 어린 꼬마였는데…… 언제 이렇게 커서는. 그래도 우는 모습은 어릴 때랑 똑같네."

"누님, 제발 가자. 아직 늦지 않았어."

말은 그리 내뱉고 있지만 환야 또한 알고 있다.

지금의 그녀는 이미 죽은 것과 다름없다는 사실을.

다만 해야 할 말이 있었기에 유영인은 억지로 자신의 숨을 붙잡고 있었던 것이다.

이렇게 떠나가는 그 순간이라도 환야에게 마지막 말을 전하고 싶어서.

사람이 죽기 직전 마지막으로 맑은 정신의 상태로 돌아온다는 회광반조(廻光反照)의 상황이었다.

덕분에 오히려 더욱 죽음에 가까워지는 지금의 말투가 방금 전보다 더 고르고, 정확해지고 있었다.

유영인이 갑자기 다른 곳을 바라보며 허공에 대고 물었다.

"비설, 여기 있어요?"

"네, 저 여기 있어요."

비설이 몸을 굽혀 유영인의 얼굴 쪽으로 다가갔다. 가까이 있음에도 불구하고 유영인은 비설이 어디 있는지 볼 수가 없었다.

그만큼 상태가 좋지 않았으니까.

허나 눈으로 볼 순 없어도 비설이 가까이 다가온 걸 느낀 유영인이 그리 크지 않은 목소리지만 정확하게 말했다.

"외성을 내준 건 신도율의 함정이었어요."

"함정이요?"

"그들이 노리는 건 진풍비마대의 합류라고 했어요. 물론 애초에 노렸던 건 외성에 병력을 고립시킨 상태에서 앞뒤로 치려는 거였지만 이렇게 들어오셨으니 그 작전은 물거품이 되었겠지요. 그래도 신도율이라면…… 분명 이대로 물러나진 않을 거라 생각해요."

유영인은 우치와 고경천이 떠들어 댔던 걸 비설에게 알리고 있었다.

물론 환야가 알릴 수도 있는 것이었지만 그가 모르는 부분도 있었기에 이야기를 직접 이끌어 가는 것이었다.

유영인이 말을 이었다.

"저에게는 내일 오후쯤 도착한다고 말했지만 그건 속임

수였고…… 외성 쪽부터 들어와 내성 쪽 병력들과 합류하려고 할 거예요."

말을 내뱉는 그녀의 목소리가 점점 잦아들었다.

그렇지만 유영인은 이를 악물었다.

해 줘야 했다.

이 이야기만큼은 반드시.

"그들을 막아야 해요. 내성에 들어오게 하면 신도율에겐 날개가 달리게 돼요."

진풍비마대는 들어오기 무섭게 곧바로 혁련휘를 노리고 움직일 것이다. 가뜩이나 신도율이라는 위험한 상대가 도사리고 있는 이곳 마교의 내성에서 진풍비마대가 휘젓고 다니기 시작한다면 엄청난 피해를 감수해야 한다.

최악의 경우 마교를 수복한다고 해도 신도율은 도망치고, 혁련휘는 죽을 수도 있다.

그렇게 된다면 당장에야 승전보를 올릴 순 있다 해도 결국 다시금 돌아올 신도율에게 모든 걸 빼앗기게 된다.

유영인은 자신이 아는 이야기를 꺼냈다.

"동문입니다. 그들은…… 동문으로 들어올 거예요."

말을 하면서 급속도로 혈색을 잃어 가는 유영인의 얼굴을 보며 비설은 안타까운 표정을 지어 보였다.

옆에서 말도 잇지 못한 채로 눈물을 뚝뚝 떨어뜨리는 환야의 모습이 그런 그녀의 마음을 더욱 아프게 했다.

비설이 짧게 대답했다.

“정보 감사해요. 유용하게 쓸게요.”

감사하다는 말에 입꼬리에 살짝 미소를 머금은 채로 유영인은 인사를 대신했다.

막 이야기가 끝났을 무렵 뒤편에서 비설을 향해 무인 하나가 빠르게 다가왔다.

사내는 상황을 보고했다.

“정리 끝냈습니다!”

어느새 우치와 고경천이 끌고 왔던 병력들은 죽거나 제압당한 상태였다. 주변은 이미 비설이 이끌고 온 이들로 빼곡히 자리하고 있었다.

비설은 다가온 사내에게 급히 물었다.

“동문 쪽을 뚫고 들어오신 게 누군지 알아요?”

“동쪽이라면 적인호 가주님이십니다.”

“그쪽에 연락 넣어 두실 수 있겠어요? 성벽 위에서 수비를 할 병력이 필요하다고요. 활 잘 쏘는 사람들로요.”

“알겠습니다. 곧바로 알리겠습니다.”

말을 마친 사내는 곧바로 뒤편으로 달려갔다.

비설은 자미쌍검을 검집에 넣고는 슬쩍 뒤편을 바라봤다. 적인호에게 연락을 넣어 두긴 했지만, 그게 전부가 아니었다.

그곳으로 그녀 또한 움직일 생각이었으니까.

그때 달치가 그녀에게 성큼 거리를 좁히고 들어오며 입을 열었다.

"비설, 달치 할 일이 있다."

"할 일이요?"

비설이 자신에게 다가온 달치를 바라보며 물었다. 사실 환야보다 나았을 뿐이지 그 또한 걱정될 정도의 몸 상태였다.

몸에 생긴 상처들은 헤아릴 수 없을 정도로 많았고, 개중에 일부는 너무나 깊어서 당장에 휴식을 취해야 할 것 같은 모습이었다.

그토록 깊은 부상을 입은 달치가 자신의 생각을 밝혔다.

"달치가 우치 막으러 간다."

말을 내뱉으며 달치가 눈을 부라렸다.

그러고는 이내 그가 말을 이었다.

"우치 내가 막는다. 우치 다른 짓 못 하게 내가 끝낸다. 아까 도망치긴 했지만 여기 우리 편 많다. 도망치는 데 시간 걸려 멀리 못 갔을 거다."

달치가 하고자 하는 말이 무엇인지 알았지만 비설은 걱정이 될 수밖에 없었다.

그녀가 조심스레 말했다.

"위험할 수도 있어요."

"괜찮다. 우치는 달치가 끝내야 한다. 그놈 놔두면 또 우리 건드릴 거다. 그래서 이번 기회에 달치가…… 우치 마무리한다."

달치의 흔들림 없는 표정에 결국 비설은 고개를 끄덕였다.

"몸조심하셔야 해요, 아저씨."

"걱정 마라. 달치가 이긴다."

주먹을 불끈 쥐며 자신만만한 그 한마디를 남긴 채 달치가 먼저 우치가 사라졌던 방향 쪽으로 내달리기 시작했다.

사라진 달치, 그 자리에 선 채로 비설은 가만히 두 남매를 바라봤다.

비설은 직감했다.

둘의 마지막 인사가 있을 거라는 사실을.

그랬기에 비설은 그 전에 먼저 이 자리를 피해 주려고 마음먹었다.

"아저씨, 저도 가 볼게요."

"……그래. 고맙다, 비설."

환야가 비설을 바라보며 말했고, 그녀는 별다른 말없이 그저 고개만 끄덕일 뿐이었다.

마지막을 준비하는 저 남매에게 지금 자신이 해 줄 수 있는 위로 따위 없다는 사실을 잘 알고 있었으니까.

비설이 할 수 있는 건 단 하나.

이 싸움을 끝내는 것이었다.

그녀는 몸을 돌려 동문이 있는 쪽으로 달려가기 시작했다.

비설까지 사라지자 이곳에는 주변을 정리하는 무인들을 제외하고 단둘만이 남게 됐다.

환야는 자신의 앞에서 조금씩 죽어 가는 유영인을 가슴이 찢어지는 심정으로 바라보고 있었다. 그런 환야를 향해 유영인이 입을 열었다.

"……또 울고 있지?"

"거참, 이제 어린애가 아니라니까. 울긴 왜 울어."

말은 그리하지만 이미 목소리에서부터 숨길 수 없었다.

울먹거리고 있는데 속을 리 만무했다.

그럼에도 불구하고 유영인은 모르는 척 아무런 말도 하지 않았다.

하고 싶은 말이 참으로 많았다.

며칠을 꼬박 앞에 앉혀 놓고 떠들어도 못다 할 이야기들이 너무도 많은데…… 아쉽게도 그녀에겐 그럴 시간이 남아 있지 않았다.

무거워지는 머리, 그리고 점점 벌리기 힘들어지는 입까지.

유영인이 천천히 입을 열었다.

"손…… 잡아 줄래?"

눈물로 엉망이 된 환야가 고개를 끄덕였다. 그러고는 힘 하나 들어가지 않고 있는 유영인의 손을 부드럽게 감싸 안았다.

유영인이 기분 좋다는 듯 중얼거렸다.

"따뜻하네, 내 동생."

그 말을 마지막으로 유영인은 천천히 눈을 감았다. 뜨고 있어도 한 치 앞조차 제대로 분간하지 못했던 눈, 그런데 오히려 눈을 감자 더욱 또렷하게 환야의 모습이 들어오는 것만 같았다.

그리고 갑작스럽게 주변의 광경이 확 뒤바뀌기 시작했다.

채 놀라기도 전.

저 멀리서 어린 환야가 자신을 향해 함박웃음을 머금은 채로 달려오고 있었다.

그리고 가까이 다가온 그가 번쩍 뛰어올라 자신의 품에 안겼다. 유영인은 그런 어린 환야를 번쩍 들어 올린 채 푸르른 꽃잎들이 넓게 펼쳐진 동산 위를 거닐고 있었다.

동산 위에 가득한 꽃에서 밀려드는 향기가, 환야의 얼굴에서 터져 나오고 있는 웃음이 절로 기분 좋게 만든다.

유영인이 슬며시 미소 지었다.

행복했다.

그리고…… 만족스러웠다.

그 순간 꽉 쥐고 있던 유영인의 팔이 서서히 떨어져 내렸다.

투욱.

바닥에 닿아 버린 유영인의 팔꿈치를 내려다보며 환야가 쏟아지는 눈물을 삼켰다. 그가 이빨을 꽉 깨문 채로 눈을 힘껏 감았다.

고여 있던 눈물이 순간적으로 폭포처럼 쏟아져 내렸다. 그렇게 환야는 하염없이 고개를 숙인 채로 눈물을 흘렸다.

너무나 고마웠던 누이.

그녀가 없었다면 어렸던 환야는 자하도에서 살아남지 못했을 것이다. 유영인이 있었기에 살 수 있었고, 또 이렇게 강해질 수 있었다.

그런 그녀가…… 지금 환야의 곁을 떠나고 있었다.

차갑게 식어 가는 유영인의 손을 여전히 꽉 잡은 채로 환야가 천천히 고개를 들어 올렸다.

눈물로 엉망이 된 얼굴.

그렇지만 이상하게도 편안한 얼굴로 잠들어 있는 유영인을 보자 자신도 모르게 눈물과 뒤섞인 미소가 흘러나왔다.

너무도 슬픈 미소.

환야가 유영인의 손을 쥔 채로 나지막이 입을 열었다.

"누님…… 편히 가시오."

5장. 교주전

— 내려와

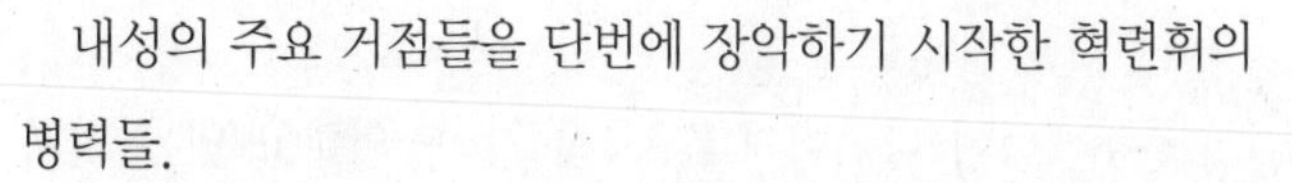

내성의 주요 거점들을 단번에 장악하기 시작한 혁련휘의 병력들.

장유희와 백천기의 도움으로 내성에는 쉽사리 들어올 수 있었지만, 그렇다고 해서 모든 게 끝난 건 아니었다.

내성에 있던 마교의 무인들과의 긴 싸움이 시작되고 있었던 탓이다.

외성과는 달리 정예 무인들이 대거 자리하고 있는 이곳에서의 싸움은 보다 치열했다.

허나 병력의 숫자도 그렇고, 내성에 있는 무인들 또한 싸워야 할 이유 또한 크게 없었기에 결국 분위기는 조금씩 혁련휘 쪽으로 넘어가고 있었다.

혁련휘는 기세를 몰아 내성 곳곳의 거점들을 장악하고 있었다.

북문을 통해 들어온 걸 시작으로 하여 남은 마교의 내성의 문이 열릴 수 있도록 병력을 파견했고, 또 위험한 부대들이 주둔하고 있는 곳을 먼저 공격하라는 명령도 내렸다.

그들이 한 덩어리가 되기 전에 각자 부숴 버릴 계획인 것이다.

거기에 신도율 쪽의 충성스러운 부대들 몇 개만 막아도 나머지는 쉽사리 마음을 돌릴 수도 있는 상황.

신속하게 움직이는 게 지금으로선 가장 중요했다.

혁련휘를 따르는 수십 개가 넘는 부대들.

그 부대들이 나뉘어져 각 거점들을 장악하고 있는 것처럼 혁련휘 또한 한 곳으로 향하고 있었다.

혁련휘가 병력을 이끌고 움직이는 건 다름 아닌 마교 내성 중앙 부분에 자리하고 있는 커다란 대전이었다.

교주에겐 상징적일 수밖에 없는 장소.

바로 교주전이었다.

교주전의 인근에 도달했을 무렵부터 인근에는 많은 숫자의 적이 자리하고 있었다. 내성 중앙에 위치해 있기도 했고, 중요한 장소이니만큼 많은 병력들이 배치되어져 있었던 것이다.

혁련휘 측의 무인들이 적들을 발견하고 먼저 달려들었다.

우당탕!

거칠게 몰아치는 이들로 인해 공격을 당하는 무인들이 사방으로 물러났다.

교주전의 입구를 막아서고 있는 자들을 제거하는 건 순식간이었다.

혁련휘가 직접 데리고 움직이고 있는 오천에 달하는 무인들.

그들을 이끌고 혁련휘가 안으로 들어가는 문을 열어젖혔다.

쿠웅.

열리는 문 너머로 기다렸다는 듯이 무기를 세운 채로 일행들을 맞이하는 대규모의 무인들이 보였다. 삼천 정도 되어 보이는 무인들이 빼곡하게 이곳을 지키고 서 있었다.

문을 열기 전 기척만으로도 적들의 숫자가 어느 정도 된다는 사실은 알았지만…….

'생각보다 많군.'

교주전을 지키는 무인들의 숫자가 생각 이상이다.

더군다나 그들은 쉽사리 물러서지 않겠다는 듯 투기마저 뿜어 대고 있었다.

마교의 무인들도 섞여 있었지만 상당수가 신도율이 직접 데리고 들어온 이들로 보였다. 그만큼 혁련휘에게 쉽게 항복할 자들이 아니었다.

혁련휘는 말없이 들고 있던 파멸혼을 앞으로 내밀었다.

몰려드는 한 줄기의 바람.

동시에 파멸혼에서 맹렬한 힘이 쏘아져 나갔다.

퍼엉!

폭발과 함께 한쪽의 무인들이 사방으로 나가떨어졌다. 그리고 그걸 신호로 하여 뒤편으로 밀려들던 오천의 무인들이 교주전을 지키고 있는 신도율 측의 병력을 향해 달려들었다.

챙챙챙!

사방에서 무인들의 병기가 불을 뿜었고, 동시에 비명 소리가 시끄럽게 귀를 어지럽혔다.

그런 교주전으로 향하는 길목에서 혁련휘 또한 거칠게 파멸혼을 움직이고 있었다.

슉슉!

파멸혼이 움직이는 길을 따라 그곳에 있던 이들이 순식간에 쓸려 나갔다. 그렇게 수십 명을 베어 넘기며 안으로 밀고 들어가던 혁련휘는 시간이 갈수록 점점 이상함을 느꼈다.

삼천은 될 정도로 많은 숫자의 무인들이 뒤엉켜 싸우고 있는데 그들 중 그 누구도 혁련휘에게 달려들지 않는다는 것이다.

그들의 입장에서 가장 먼저 노려야 할 대상인 자신에겐 손도 대지 않고, 오히려 옆으로 슬슬 피하며 길을 내주고 있었다.

다른 이들은 어떻게든 막겠다는 듯 들러붙으면서도 자신만 피하고 있는 지금의 상황을 보며 혁련휘는 알아차릴 수밖에 없었다.

'……날 막지 않는군.'

마치 길을 내줄 테니 어서 안으로 들어가 보라는 듯한 그들의 모습.

그랬기에 혁련휘는 파멸혼을 쥔 채로 이 전쟁터 사이를 걷기 시작했다.

교주전의 입구로까지 가는 그 긴 길을 걸으며 혁련휘는 그 누구의 방해조차 받지 않았다.

그렇게 해서 도착한 교주전의 입구.

뒤편에서는 아군과 적군이 계속해서 싸우고 있었지만 아무도 개입하지 않는 이곳만큼은 마치 다른 세상인 것만 같았다.

교주전의 입구에 선 혁련휘가 닫혀 있는 문을 손으로 밀었다.

끼이이익.

소리와 함께 천천히 교주전 내부가 모습을 드러내고 있었다.

어두운 교주전의 대전.

수천 명이 들어설 수 있는 커다란 대전은 깊은 어둠에 감싸여 있었다.

그렇지만 혁련휘의 눈에는 똑똑히 보였다.

이 길의 끝.

가장 안쪽에 있는 상석의 위, 그곳에 있는 의자에 자리하고 있는 한 명의 사내의 모습이.

신도율, 그가 이곳에서 자신을 기다리고 있었다.

이곳 교주전까지 다가오며 혹시나 했던 생각이 확신으로 바뀌는 순간이었다.

이토록 많은 이들이 자신을 막지 않는 것을 보며 혹시나 교주전에서 신도율이 자신을 기다리고 있는 게 아닐까 여겼다.

그리고 그 추측은 정확하게 들어맞았다.

두근두근.

신도율의 얼굴을 보는 순간 혁련휘의 심장 박동이 점점 빨라졌다.

한 걸음, 한 걸음 더 내딛을수록 그 심장 소리는 커져만 갔다.

그리고 그 심장 소리가 터져 버릴 것 같은 그 순간……
놈과의 거리가 오 장 이내로 좁혀졌다.

둘의 눈동자가 어둠 속에서 서로를 매섭게 응시했다.

혁련휘는 강하게 주먹을 움켜쥐고 있었다.

눈앞에 있는 저자에게 갚아 줘야 할 것들이 너무도 많았으니까. 그런 그를 앞에 두자 내심 흥분되고 있었지만 혁련휘는 최대한 침착하게 마음을 다잡았다.

서로를 노려보던 그때, 어둠 속에서 홀로 의자에 자리하고 있던 신도율이 먼저 입을 열었다.

"생각보다 늦었네?"

마치 올 걸 알았다는 듯한 신도율의 그 말에 혁련휘가 답했다.

"……내가 이곳으로 올 걸 알았나 보군."

"그럼. 마교의 교주였으니 이곳을 가장 먼저 찾으려 드는 건 당연한 거 아닌가?"

교주전은 상징성을 지닌 장소다.

신도율 또한 마교에 쳐들어와서 장룡의 목을 베고 곧장 이곳으로 오지 않았던가.

그는 이미 예상하고 있었다.

혁련휘가 내성으로 들어왔다면 자신과 마찬가지로 가장 먼저 이곳으로 찾아올 것이라고. 그리고 그런 그의 예상은 적중했다.

혁련휘는 오만하게 앉아 자신을 내려다보고 있는 신도율을 향해 의외라는 듯 말했다.

"내성이 돌파당한 걸 알고 도망쳤을까 봐 걱정했는데 다행이로군."

"도망?"

신도율이 재미있다는 듯 픽 웃었다.

그리고는 이내 혁련휘를 향해 자신만만한 미소를 내비치며 말을 이었다.

"잘 들어. 도망이란 건 자기보다 강한 놈을 만났을 때나 치는 거야. 그러니…… 내가 도망쳐야 할 이유가 없잖아?"

신도율의 목소리에선 자신감이 넘쳐흘렀다.

분명 상황은 좋지 않았다.

외성을 내주는 거야 작전이었지만, 설마 혁련휘가 내성을 돌파해서 들어올 건 계산 밖이었으니까.

허나 이왕 이렇게 된 거 신도율은 좋게 생각하기로 했다. 차라리 이토록 직접 대면한 이상 혁련휘가 운 좋게 도망칠 일은 없을 거라 자신했으니까.

피해가 훨씬 커지긴 하겠지만 혁련휘가 죽게 되면 결국 이번 싸움은 자신이 이긴다.

우두머리인 혁련휘는 죽고, 계획대로 마교 바깥에서부터

추가 병력이 개입될 것이다. 머리를 잃은 그들은 결국 오합지졸이 되어 각개격파되거나 전의를 잃고 도망치려 들 게 분명하다.

결국 이 싸움의 승패를 정하는 것.

그건 혁련휘와 신도율의 싸움이었다.

승자는 마교의 주인이 될 것이고, 패배한 자는 죽는다.

그랬기에 신도율은 생각했다.

결국 이 싸움의 승자는 자신이 될 거라고.

왜냐면 혁련휘의 재능은 놀랍긴 했지만 아직 자신을 이길 수 없었으니까.

더군다나 신도율에겐 믿고 있는 마지막 패가 있었다.

바로 일당백의 전투 부대 진풍비마대였다.

이미 그들에게 곧 도착할 거라는 연락을 받았던 상황, 잘하면 지금쯤이면 외성을 돌파했을지도 모른다.

만약 그들이 도착했다면 사전에 약속한 대로 곧바로 이곳 교주전으로 치고 들어오며 내성에 있을 혁련휘의 병력들을 쓸어버리고 있을 것이다.

이제 자신이 혁련휘만 죽인다면 혹시 모를 후환까지 완벽하게 제거하게 되는 셈이다.

신도율이 말했다.

"나에게 패한 지 반년은 됐나? 고작 그 정도 지났는데 이제 와서 무슨 자신감이야?"

비록 당시의 혁련휘가 큰 부상을 입고 있었지만 몸이 멀쩡했다고 한들 그 결과는 크게 달라지진 않았을 거다.

그리고 그 사실을 혁련휘 또한 모르지는 않을 터.

허나 신도율은 알지 못했다.

그 반년도 안 되는 시간 동안 혁련휘에게 무슨 일이 있었는지를.

신도율을 이기기 위해 자하도로 돌아가 목숨을 걸고 천마의 마지막 무공인 진아수라까지 익히고 돌아왔다는 사실을 말이다.

혁련휘가 답했다.

"그래, 그땐 그랬지. 하지만 이젠 다를 거다. 이번엔 내가 이길 거거든."

말을 내뱉은 혁련휘가 길게 숨을 내쉬었다.

이번엔 절대 지지 않는다.

혁련휘는 그런 마음을 담아 천천히 말을 이었다.

"……이제는 갚아 줘야 할 복수가 한 개 늘어서 말이야."

혁리원의 복수를 위해 걸어왔던 길.

그러던 것이 이제는 또 한 명, 아버지인 혁무조의 목숨까지 실렸다.

그 둘 모두를 죽음으로 몰고 갔던 원수가 눈앞에 있었다.

신도율.

바로 그다.

모든 것의 종착점인 신도율을 마주하고 있는 혁련휘에게서 뿜어져 나오는 투기가 교주전 내부를 뒤덮었다.

두 사람의 기운이 뒤섞인 이곳 교주전은 언제 터져도 이상할 것 없는 일촉즉발의 상황을 연상케 했다.

그 상황에서 서로를 바라보는 둘, 혁련휘가 경고했다.

"그 의자에서 내려와. 그 자리는 네깟 놈이 앉아도 될 자리가 아니다, 신도율."

지금 신도율이 앉아 있는 황금색 용이 새겨져 있는 검은 의자. 저 자리는 신도율이 앉아 있을 자리가 아니었다.

혁무조가 앉았던 자리.

그리고 혁련휘가 그의 의지를 받아들인 이후에야 앉을 수 있었던 자리.

마교에서 살아가는 수십만이 넘는 이들의 목숨을 지켜야 하는 저런 자리에 앉을 자격이 그에겐 없었다.

혁련휘의 그 말에 신도율은 의자에 몸을 기댄 채로 손잡이를 두드렸다. 그리고는 어쩔 거냐는 듯한 표정을 지어 보이며 장난치듯 말했다.

"싫은데?"

혁련휘가 파멸혼을 고쳐 잡았다.

그리고는 이내 살기가 넘치는 눈빛을 한 채로 입을 열었다.

"제 발로 내려오지 않겠다면…… 내가 끄집어 내려 주지."

* * *

우치는 도망치고 있었다.

처음엔 신도율에게 돌아가려 했지만 상황은 그리 여의치 않았다. 가는 길목마다 족족 깔려 있는 혁련휘의 병력들이 너무도 많아서다.

그들을 죽이면서 신도율에게 가기엔 우치의 몸이 좋지 않았다.

그리고 생각보다 훨씬 안 좋은 내부의 상황을 보며 우치는 생각을 바꿨다.

'우선은 마교를 빠져나가야겠군.'

혹시 모를 상황에 대비해 아예 마교 바깥으로 도망치기로 정한 것이다.

괜히 신도율에게 가려다가 정체가 들통이라도 난다면 위험해지는 건 자신이다.

거기다 내성의 입구까지 열린 이상 상황이 어떻게 돌아갈지 장담할 수 없었다.

그럴 일은 없겠지만 아주 만약에라도 신도율이 진다면?

자신 또한 죽게 될 건 분명하다.

몸이라도 멀쩡했다면 도망이라도 치겠지만 지금 같이 다친 상태로는 빠져나가지 못할 게 분명하다. 그랬기에 우치는 차라리 지금처럼 혼란스러운 틈을 노려 인근으로 도망치기로 정한 것이다.

허나 곳곳에 깔려 있는 무인들 때문에 우치의 행동에는 계속해서 제약이 걸렸다.

조금 움직였다가 숨기를 반복하던 우치는 이내 인근의 인가에 몰래 숨어들었다. 그리고는 그곳에 걸려 있는 옷과, 얼굴을 가릴 커다란 죽립을 챙겼다.

죽립으론 어떻게 얼굴을 가리긴 했지만 옷은 우치에게 전혀 맞지 않았다.

최대한 큰 것으로 챙겼음에도 우치의 커다란 몸을 가릴 정도는 되지 못했던 것이다. 어떻게든 옷을 갈아입어 보겠다고 끙끙거리던 그는 이내 짜증스럽게 옷을 바닥에 팽개쳤다.

"망할, 뭐 이렇게 작아?"

하의는 결국 포기한 우치는 어떻게든 상의의 소매 사이

로 팔을 욱여넣고 몸을 덮었다.

대충 옷 두 개를 엮으니 그제야 간신히 몸을 가릴 정도가 되었다.

피투성이인 몸을 가리기 위해 억지로 옷까지 갈아입은 우치는 곧바로 주변의 기척을 살폈다.

웅성거리며 지나가는 많은 사람들을 확인한 우치가 슬쩍 그 뒤편으로 끼어들었다.

조심스럽게 이들과 함께 이동하다가 도망칠 만한 거리가 되면 곧바로 마교 바깥으로 빠져나갈 생각이었다.

'우선 인근에 숨어 있어야겠군. 대장이 승전보를 울리면 슬쩍 다시금 마교 내부로 돌아오면 될 일이고, 만약에 진다면…… 그땐 새외로 가야 하나?'

중원에서는 혁련휘의 표적이 될 수도 있으니 그나마 안전한 새외로 빠져나가 한 지역을 먹고 떵떵거리며 살아갈 계획이었다.

마교에서 어깨에 힘주며 살아가는 것에 비한다면 초라하긴 하겠지만 어쨌든 제일 중요한 건 살아간다는 것이 아니겠는가.

그렇게 우치가 사람들 사이에 섞여 점점 외성의 입구 쪽으로 다가갈 때였다.

외성 입구가 얼마 남지 않은 상황.

우치의 걸음걸이가 점점 빨라지고 있었다.

그때였다.

"우치, 숨어도 다 보인다."

"……!"

들려오는 목소리에 우치가 움찔했다.

이 목소리의 주인이 누구인지 너무도 잘 알았기에 우치의 얼굴은 딱딱하게 굳을 수밖에 없었다. 죽립을 강하게 아래로 당기며 우치가 고개를 돌렸다.

그의 시선이 향하는 그곳.

거기엔 피투성이에 지친 기색이 역력한 달치가 자리하고 있었다.

달치가 우치에게 다가오며 말했다.

"우치 뚱뚱하다. 그런 죽립으로 얼굴 못 가린다."

"달치 이 머저리 같은 새끼가 끝까지……"

다가오는 달치가 자신의 주먹끼리 강하게 부딪쳤다.

콰콰!

그에게서 느껴지는 박력에 우치는 자신도 모르게 뒷걸음질 쳤다. 저번에 이어 오늘의 싸움까지 연달아 패한 우치다. 그랬기에 이제는 안다.

자신은 달치의 상대가 아니라는 것을.

달치가 말했다.

"우치, 도망 못 간다. 달치가 여기서 너 죽인다."

*　　*　　*

외성 바깥에서 일련의 무리가 모여들고 있었다.

그 숫자가 무려 이천에 달할 정도였고, 그들을 이끌고 있는 건 다름 아닌 신도율이 그토록 기다리고 있던 진풍비마대였다.

물론 그 이천 명 중에 진풍비마대는 대략 오백여 명 정도였다.

나머지 인원들은 근처에서 만나 합류한 신도율 휘하의 다른 부대들이었다.

진풍비마대의 대주 월량(月亮)은 갓 사십을 넘긴 사내였다.

깔끔한 인상이긴 하지만 묘하게 날카로운 느낌을 풍기는 인상.

나이는 그리 많진 않았지만 일신상의 무공만큼은 천하에 그 적수가 몇 되지 않을 정도의 뛰어난 고수였다.

신도율이 아낄 정도라면 그의 실력이 어느 정도인지는 굳이 설명할 필요도 없다.

더군다나 신도율에 대한 충성심 또한 뛰어나 어떤 명령

이라도 반드시 성공시키기로 유명했다. 그런 그가 이곳 마교 외성을 통해 들어서고 있었다.

외성에도 많은 숫자의 혁련휘의 병력이 자리하고 있었지만 그는 앞을 막아서거나 인근에 있는 이들만 베어 넘길 뿐 빠르게 내성의 입구로 향하고 있었다.

신도율에게서 전달받은 명령을 따르기 위함이다.

마교에 들어서면 곧장 교주전으로 향하라는 그의 명령을.

월량은 긴 창 한 자루를 든 채로 주변에 보이는 무인들을 향해 휘둘렀다.

쐐에에엑!

찌르고 들어가는 창이 길을 막아서는 자들을 단번에 꿰뚫었다.

수십 명이나 되는 적을 단번에 뚫어 낸 월량은 곧바로 선두에서 무인들을 향해 소리쳤다.

"어기적거리지들 말고 서두른다!"

상황에 따라 머리 숫자가 필요할지도 몰라 다른 부대들까지 함께 합류하여 이동하고 있지만 사실 월량은 그들 때문에 자신의 부대인 진풍비마대의 이동 속도가 느려지는 게 그리 내키진 않았다.

어쩔 수 없는 상황이라 스스로를 납득시키며 그들은 내

성의 동문으로 다가서고 있었다.

"적이다! 막아라!"

내성으로 접근하는 그들을 막기 위해 많은 무인들이 달려들었지만 순식간에 목숨을 빼앗길 뿐이었다.

퍽퍽!

상대에게 무기를 틀어박는 그들은 거침이 없었다.

막아서는 자들은 베어 넘기며 교주전으로 향한다는 단 하나의 목표만을 가지고 나아가던 그들의 눈에 마침내 동문이 들어오고 있었다.

저 동문을 넘어서기만 하면 교주전까지 일각도 채 걸리지 않는다.

월량이 선두에서 독려했다.

"내성을 돌파하고 교주님을 돕는다!"

열려 있는 입구, 저곳을 건너는 건 식은 죽 먹기나 다름없다 여겼다.

그렇게 월량이 이끄는 이천의 무인들이 다가가던 그때 갑자기 성벽 위쪽에서 천 명에 달하는 무인들이 모습을 드러냈다.

그들은 각자 활에 화살을 걸고 자신들을 겨눴다.

적들의 그런 모습을 보며 월량은 비웃음을 흘렸다.

"활이라……."

저딴 걸로 자신들을 막을 수 있을 거라 생각하다니 기가 찰 지경이었다.

그가 입을 열었다.

"진풍비마대, 방어 준비."

명을 전달받은 진풍비마대는 곧바로 자신들의 무기를 치켜들었다.

날아드는 화살을 그냥 쳐 내면서 단번에 내성을 돌파해 들어갈 생각인 것이다.

그렇게 안으로 들어만 갈 수 있다면 성벽 위에서 화살을 쏘는 놈들이야 곧바로 올라가 제거해 버리면 그만이다.

그 와중에 조금의 피해를 입기야 하겠지만 그건 진풍비마대를 제외한 나머지 인원들일 테고, 그것조차도 그리 많지 않을 것이다.

동문의 입구를 막고 있는 병력의 숫자들도 제법 있을 거라 여기며 그쪽을 향해 시선을 돌리던 월량의 얼굴이 갑자기 일그러졌다.

동문을 지키는 병력, 놀랍게도 그곳 입구를 가로막고 서 있는 건…… 단 한 명이었다.

물론 그의 뒤편으로 몇백 정도 되어 보이는 이들이 보이긴 했지만 그들은 다소 거리가 떨어진 곳에서 마치 최후의 보루처럼 자리하고 있을 뿐이었다.

'이게 뭐하자는 짓이지?'

월량은 이런 상황이 이해가 가지 않았다.

마치 지금의 이 모습은…… 저기 서 있는 한 명이 자신들을 막아서겠다는 듯한 모양새였으니까.

그런 월량과 마찬가지로 수하들 또한 지금 이 상황에 기가 막힌 듯했다. 옆으로 다가온 북태천이라는 이름을 지닌 수하가 월량에게 말했다.

"대주, 저기 있는 저놈 설마 저희를 막겠다고 저러고 있는 건 아니겠지요?"

"……미치지 않고서야."

말은 그리하면서도 월량은 내심 불쾌했다.

진풍비마대에 대한 자부심으로 똘똘 뭉친 그였으니까. 그런 그의 입장에서 지금 자신들을 막아선 것이 단 한 명의 무인이었으니 뭔가 얕보인 기분이 들고 있었다.

북태천이 월량에게 말했다.

"대주, 제가 단번에 입구를 뚫어 버리겠습니다."

"화살 부대들의 공격을 조심하고."

"그 정도에 당한다면 진풍비마대의 이름을 어찌 달겠습니까. 걱정 마시죠."

말과 함께 북태천은 뒤편에 있는 진풍비마대 내에서 자신이 이끄는 조원들에게 고갯짓을 했다. 그러자 서른 명 정도 되는 무인들이 빠르게 따라붙었다.

북태천이 입구에 서 있는 상대를 바라보며 살기등등한 모습으로 소리쳤다.

"단번에 뚫고 들어간다! 우리가 내성 돌파의 선봉에 설 것이야!"

"오오!"

수하들이 유쾌한 듯 환호성을 질러 댔다.

이런 피 튀기는 전투 자체가 이들 진풍비마대에겐 삶의 일부였다.

북태천은 동문으로 들어설 수 있는 다리를 향해 당당하게 걸어갔다.

당연히 기다렸다는 듯 화살이 비처럼 쏟아졌다. 그렇지만 북태천은 아무렇지 않게 걸음을 옮기며 검을 든 손을 위로 휘저었다.

탕탕!

검에 의해 튕겨져 나가는 화살들.

마찬가지로 수하들 또한 어렵지 않게 화살을 쳐 내며 단번에 동문으로 들어서는 다리에 올라섰다. 그러자 목석처럼 서 있던 상대방이 가만히 허리 뒤쪽으로 손을 뻗었다.

그리고 이내 뽑혀져 나온 두 자루의 검.

스르르릉.

상대의 모습을 보며 북태천은 묘한 표정을 지어 보였다.

"쌍검?"

그리고 그것이 북태천이 살아서 내뱉은 마지막 말이 되어 버렸다.

타앗!

갑자기 날아든 상대의 검이 북태천의 목을 단번에 날려 버렸으니까. 그리고 거기서 멈추지 않고 상대는 다리 위에 올라선 진풍비마대 무인들 사이를 미친 듯이 파고들었다.

휘리릭. 휘릭!

그들 사이로 파고든 단 한 명의 무인.

그렇지만 그 무인의 움직임으로 인해 다리 위에 올라섰던 무인들은 기겁한 듯 각자의 무기를 휘둘러야 했다.

창창창!

하지만 그들의 무기는 한 명의 상대를 어찌하지 못했다. 오히려 서른 명 안에서 휘젓기 시작한 한 명의 무위에 압도당하며 진풍비마대 무인들이 나가떨어지고 있었다.

쿵쿵.

일부는 그대로 다리 위에 쓰러졌고, 나머지는 다리 아래쪽에 있는 수로로 떨어져 내렸다.

그렇게 다리 위로 올라섰던 서른 명의 무인들 모두가 채 안으론 발 한 걸음 내딛지 못하고 숨을 거뒀다.

그 모두를 베어 넘긴 한 명의 무인만이 그곳에 선 채로 이천 명에 달하는 이들을 향해 경고 어린 시선을 날리고 있을 뿐이었다.

겨우 한 명일 뿐이다.

그런데 그 한 명에게서 풍겨져 나오는 기세가 가히 태산을 연상케 한다.

흔들리지 않는 강인한 기운, 그리고 쏘아져 나오는 강렬한 눈빛이 오금을 저리게 만든다.

고작 한 명이 막고 있는데도 불구하고 이상할 정도로 동문의 입구가 좁아 보이는 것은 과연 뭐 때문인 걸까?

한 사람에게서 뿜어져 나오는 기운이 신도율이 자랑하는 최정예 무인들인 진풍비마대의 발걸음을 멈추게 만든 것이다.

그렇게 단신으로 이들을 막아선 한 명의 무인.

그 무인의 정체는 비설이었다.

그녀가 자미쌍검을 든 채로 경고했다.

"미리 말해 둘게요. 거기까지예요. 거기까지는 봐줄게요. 그렇지만 다시금 이 다리를 넘으려고 하면 그때는 안 돼요. 저희 형님에게 위협이 될 당신들을 이곳에서 넘어가게 할 생각이 없거든요."

"……혼자서 우리를 막겠다?"

물론 위에서 계속해서 화살이 날아오긴 하겠지만 결론적으로 입구는 홀로 막아서겠다는 말이나 다름없었다.

기가 막혀서 내던진 그의 질문에 비설은 고개를 끄덕였다.

“맞아요. 여긴 입구가 그리 크지 않아서 혼자 막기에도 용이하고요.”

비설은 이미 모든 상황에 대한 대비를 마쳤다.

처음엔 이들이 들어오지 못하게 내성 입구를 막는 방법도 생각했다.

그렇지만 이내 생각을 바꿨다. 그렇게 되면 저들이 무슨 짓을 벌일지가 너무도 뻔했으니까. 내성으로 들어오지 못한다면 저들로서는 당연히 외성을 짓밟기 시작할 것이다.

그곳에 있는 혁련휘의 병력들은 물론이거니와 외성에 살고 있던 보통 사람들까지 모두 표적이 될 수도 있다.

그랬기에 비설은 오히려 작전을 아예 바꿨다.

이곳으로 오게 한다.

그리고 비설 본인과 적인호에게 부탁해서 지원받은 화살부대로 저들을 막는다.

입구로 들어오는 다리를 건너는 순간 그곳부터는 비설이 막는다. 그리고 그 뒤편으로는 계속해서 위쪽의 화살 부대들이 활을 쏜다.

아주 만약에라도 비설을 피해서 뒤편으로 가는 자들이 있다면 그건 뒤에서 대기하고 있는 무인들이 막는다.

물론 이 계획에서 비설이 져야 할 부담이 큰 건 사실이다.

허나 길이 좁았기에 오히려 많은 무인들이 투입되면 싸우기 힘들어졌다. 그리고 진풍비마대에 비해 개개인의 실력이 부족한 아군의 병력들의 피해가 클 건 자명한 사실.

그랬기에 비설은 홀로 이곳 다리 위에 서서 적들을 맞기로 한 것이다.

물론 이 말도 안 되는 작전이 가능한 이유는 비설이 지닌 무공이 너무나도 뛰어난 덕분이다.

숫자는 이천에 달했지만 그들 모두를 상대해야 할 필요는 없다.

어차피 대부분은 화살 부대들에게 발이 묶일 테고, 그녀가 상대해야 할 건 이 다리 위를 건너려고 하는 자들뿐이니까.

물론 그 숫자 또한 만만치 않고, 상대가 유영인이 경고했던 진풍비마대라는 강자들이지만…….

비설은 흔들리지 않았다.

이들이 들어가게 해서는 안 된다 생각했으니까.

혼자 막을 생각이라는 비설의 말에 월량이 고개를 절레

절레 저으며 중얼거렸다.

"제정신이 아니군. 우리가 누군지나 알고 그딴 말을 지껄이는 건가?"

"진풍비마대라고 알고 있어요."

"알면서도 그런 자신감을 보인다고?"

진풍비마대라는 이름을 모르면 모를까, 안다면 자신들이 어떠한 무력을 지녔는지 알고 있을 것이다.

더군다나 저 정도의 실력자라면 마주하는 그 순간부터 자신들이 녹록지 않다는 것 정도는 알아차렸을 것이 분명하다.

그럼에도 불구하고 이런 자신감이라니…….

월량은 상대의 이름을 알고 싶었다.

"이름이 뭐지?"

물어 오는 그의 질문에 비설은 솔직히 답했다.

"비설이요."

허나 그 대답을 들은 월량이 처음으로 움찔했다. 그 이름을 알고 있었으니까.

"……혈갑도수대?"

단신으로 혈갑도수대 전원을 몰살시켰다는 바로 그 여인이다. 그리고 혈갑도수대의 실력은 월량 또한 잘 알고 있다.

자신들에게는 한참 미치지 못하긴 하지만 그건 숫자의 차이가 크게 나서이지 개개인의 실력 차가 그 정도로 나는 건 아니었다.

더군다나 혈갑도수대의 대주였던 철무극은 대단한 사내였다. 월량조차 인정하는 호적수 중 하나였던 인물.

그런 그들을 단 한 명이 쓸어버렸다는 말을 듣고 처음에 얼마나 놀랐던가. 더군다나 그들을 죽인 자가 아직 어린 여인이라는 사실에 더욱 큰 충격을 받았던 월량이다.

그 같은 충격을 안겨 줬던 여인. 그 여인이 지금 눈앞에 있었다.

비설의 정체를 알자 그제야 월량은 상대가 어째서 이토록 당당할 수 있는지 알아차렸다.

신도율조차도 위험한 인물로 분류했던 자다.

'……돌파하는 게 생각보다 쉽지 않겠구나.'

월량은 자신의 창을 움켜쥐었다.

쉽지 않은 길이지만 그래도 가야만 했다.

신도율이 저 안에 있었으니까.

전의를 불태우고 있는 월량을 향해 비설이 말했다.

"자, 선택하세요. 여길 넘든지, 아니면 돌아가든지요."

괜한 살생은 피하고 싶은 비설은 두 가지의 선택지를 던졌다. 하지만 그녀는 알고 있었다. 이들이 쉽사리 물러날

자들이 아니라는 것 정도는.

그랬기에 비설은 자신의 힘을 감추지 않았다.

오히려 상대들을 위축시키려는 듯 강렬한 기운을 뿜어냈다.

이들이 내성으로 들어간다면 혁련휘가 곤란해질 수도 있다. 그랬기에 비설은 이들 중 단 한 명도 들여보내 줄 생각이 없었다.

그녀가 말을 이었다.

"여길 넘기 위해서는 절 죽여야 할 거예요. 그리고 그건……."

자미쌍검을 든 그녀가 자신만만하게 말했다.

"불가능한 일이죠."

수천의 병력을 앞에 둔 채로 당당히 말을 내뱉는 그녀를 성벽 위에 있는 아군과, 심지어 맞상대해야 할 적군조차도 넋을 잃고 바라보고 있었다.

6장. 혈투

— 끝내자

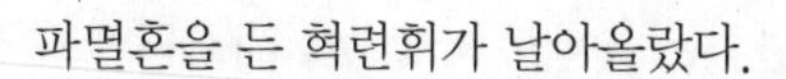

파멸혼을 든 혁련휘가 날아올랐다.

날아든 그가 노리는 곳은 하나, 바로 긴 계단과 이어진 단상 꼭대기에 위치한 의자에 자리하고 있는 신도율이었다.

혁련휘의 기민한 움직임에, 자리에 착석하고 있던 신도율 또한 빠르게 몸을 옆으로 움직였다.

동시에 신도율의 손에도 자신의 애병(愛兵)인 천인도가 번개처럼 뽑혀져 나왔다.

파앙! 팡!

껑충 뛰어오른 신도율은 날아드는 혁련휘와 두 차례 무기를 섞고는 이내 단상 아래로 빠르게 떨어져 내렸다.

바닥에 착지한 신도율의 등 뒤로 순식간에 혁련휘의 몸이 다가가고 있었다. 파멸혼에 휩싸인 불꽃이 신도율을 뒤덮으려는 순간 그에 몸 주변에서 강한 바람이 휘몰아쳤다.

파라라락!

맹렬하게 회전하는 풍신의 힘이 갑옷이 되어 그를 지켰고, 동시에 혁련휘를 향해 주먹을 움직였다.

쩌엉!

뇌기가 실린 일격이 혁련휘에게 적중했다.

아니, 그렇게 보였다고 해야 정확할 게다.

혁련휘 또한 풍신갑을 펼치며 신도율의 공격을 받아 낸 채로 뒤쪽으로 훌훌 날아가 착지했다.

바닥에 착지한 혁련휘는 곧바로 파멸혼을 비스듬히 세웠다. 그리고 마치 미리 합을 맞추기라도 한 것처럼 아슬아슬하게 그곳으로 신도율의 천인도가 날아들고 있었다.

카앙!

도를 맞댄 두 사람은 서로를 잡아먹기라도 하려는 듯이 매서운 눈빛으로 상대를 응시한 채로 힘 싸움을 시작했다.

한 치의 물러섬도 없이 두 사람은 그 자리에 선 채로 상대를 향해 힘을 뿜어내고 있었다.

땅에 발을 박기라도 한 듯이 버티고 있는 둘. 두 사람은 마치 석상이라도 된 것처럼 서로 힘 싸움을 벌이면서도 꿈쩍도 않고 있었지만, 주변은 달랐다.

발 주변에서부터 시작된 균열이 사방으로 거미줄처럼 퍼져 나가고 있었다.

쩌저적.

둘의 힘을 견디지 못한 대전 내부의 땅이 깨어져 나갔다.

동시에 둘 사이에서 거친 바람이 휘몰아쳤다.

싸아아아!

칼날을 연상케 하는 날카롭고 매서운 바람.

신도율이 이를 악문 채로 입을 열었다.

"제법이구나, 혁련휘."

"네놈에게 평가받을 생각은 없는데."

곧바로 대꾸하는 혁련휘를 향해 신도율은 힘을 쓰는 와중에서도 피식 웃음을 흘렸다.

"곧 죽을 놈이 잘난 척은."

"그건 네 생각이고."

"그래? 저번에 당했을 때도 그런 식으로 대답했던 것 같은데 이번엔 어떻게 될지 어디 한번 볼까?"

말을 끝내는 것과 동시에 맞대고 있던 도를 거칠게 밀어내며 신도율이 낮게 회전했다.

부웅!

회전하는 몸놀림에 맞추어 그의 몸 주변에서 아지랑이처

럼 뇌기가 피어올랐다. 동시에 퍼져 나가는 잔잔한 파공음이 곧 폭탄이 되어 터져 나갔다.

퍼퍼퍼펑!

주변을 휩쓸어 버리는 뇌기가 혁련휘가 있던 공간을 뒤덮었다. 그리고 날아드는 공격을 혁련휘 또한 그냥 보고만 있지는 않았다.

파멸혼에 실린 불꽃이 날아드는 뇌기를 반으로 갈랐다.

쩌저정!

혁련휘의 파멸혼에 막혀 소멸해 버린 뇌기, 그렇지만 양옆으로 쏘아져 나간 기운들은 대전 바닥을 아예 박살을 내 버렸다.

날아드는 공격을 받아 낸 혁련휘.

이번엔 그의 차례였다.

혁련휘의 손이 움찔함과 동시에 커다란 기의 흐름이 느껴졌다.

뒤편으로 당겨지는 손, 동시에 모여드는 수십 개가 넘는 뇌기들이 신도율의 눈에 들어왔다.

뇌기의 가닥들이 하나가 되어 가는 그 순간, 신도율 또한 마찬가지의 움직임을 보이고 있었다.

똑같이 아수라라는 무공을 익힌 두 사람이 동시에 뇌신참을 펼치고 있었다.

일전에 있었던 대결에서도 이와 똑같은 상황이 있었다.

당시엔 내상을 입고 신도율과 싸워야 했던 혁련휘가 피를 토하며 힘 싸움에서 완벽히 압도당했지만 이번엔 그때와 달랐다.

서로를 물어뜯기라도 할 것처럼 날아든 두 자루의 도가 허공에서 충돌했다. 덩달아 두 개의 도에 담긴 뇌신참의 힘 또한 쏟아져 나왔다.

싸아아아!

한쪽으로 쉬이 밀리지 않을 엇비슷한 힘의 충돌로 인해 둘 사이의 공간에서 커다란 원형의 구체가 밀려 나왔다.

그리고 그 힘에 휩싸이는 모든 게 애초에 존재하지 않았던 것처럼 가루가 되어 사라졌다.

강맹한 힘의 충돌, 당연히 그 중심부에 있던 두 사람에게도 후폭풍이 밀려왔다.

쿠웅!

묵직한 소리와 함께 두 사람의 발 주변부터 무너져 내렸다. 동시에 둘의 몸이 양쪽으로 튕겨져 나갔다.

타악.

빠르게 바닥에 발을 되짚은 둘은 서로를 향해 몸을 날렸다.

파멸혼과 천인도가 날카로운 이를 드러냈다.

카앙! 캉!

연달아 충돌하는 둘의 도에서 불꽃이 튀어 올랐다.

뒤엉키는 두 사람은 고도의 집중력을 발휘하며 서로의 움직임 하나하나를 놓치지 않고 읽어 냈다. 지척의 거리에서 펼쳐지는 절대고수들의 대결은 자연스레 커다란 박력이 뿜어져 나왔다.

터엉!

혁련휘의 일격이 바닥을 반으로 갈라 버렸을 때다.

신도율은 옆으로 그 공격을 피함과 동시에 손바닥을 움직였다.

손바닥에 휘감기는 물줄기가 휘몰아쳤다.

파파팍!

근거리에서 파고드는 날카로운 장력이 혁련휘의 복부로 치고 들어왔다.

순식간에 치고 들어오는 공격에 혁련휘가 허리를 비틀었다.

파앙.

터져 나가는 힘과 함께 혁련휘의 몸 또한 움찔하며 옆으로 밀려 나갔다. 그 순간 신도율의 천인도가 맹렬한 불꽃을 머금으며 날아들었다.

파라라락!

주변의 공기마저 태워 버릴 것 같은 열기를 머금은 천인도가 단번에 혁련휘에게 다가왔다.

매서운 공격, 그렇지만 혁련휘 또한 재빠르게 공격을 받아 냈다.

두 개의 도가 맞닿는 그때 천인도를 감싸고 있던 불꽃이 마치 생명이라도 있는 것처럼 혁련휘를 뒤덮었다.

뜨거운 열기가 훅 하고 밀려드는 순간 혁련휘가 파멸혼을 강하게 바닥에 꽂아 넣었다. 숨마저 막히게 할 정도의 열기가 혁련휘의 손에서 시작된 바람으로 인해 주변으로 훅 하고 밀려 나갔다.

허나 공격은 그게 전부가 아니었다.

사라지는 불꽃의 뒤에서 맹수처럼 신도율이 날아들고 있었다.

그의 도가 폭풍처럼 치고 들어왔다.

파바박!

뇌기가 미친 듯이 몰려왔다. 그리고 그런 상대의 공격을 혁련휘 또한 지지 않고 정면으로 맞대결했다. 파멸혼을 세운 혁련휘의 몸 또한 매섭게 회전했다.

둘의 몸이 순식간에 겹쳐 지나가며 수십 합을 주고받았다.

정말 눈 깜짝할 사이에 벌어진 두 사람의 움직임은 단순해 보였다.

그렇지만 눈으로 좇을 수 없었을 뿐이지 그사이에 둘은 서로의 목숨을 위협할 만한 공격들을 쏟아 내고, 받아 내고를 반복했다.

서로를 스쳐 지나간 상황에서 신도율은 슬쩍 아래쪽으로 시선을 돌렸다. 화끈거리는 감각이 순간적으로나마 느껴졌다 생각했거늘 예상대로 배 쪽으로 길게 베인 흔적이 보였다.

상처는 깊지 않았지만 찢겨진 옷 너머에서 끈적거리는 피가 배어 나오고 있었다.

신도율은 말없이 자신의 손에 들린 천인도의 끝에 시선을 뒀다.

천인도에 묻어 있는 피, 그리고 그건 혁련휘 또한 상처를 입었다는 걸 의미했다.

몸을 돌린 신도율의 눈에 들어온 것은 미간을 찌푸린 혁련휘였다. 그의 예상대로 혁련휘의 허리춤에서 피가 흘러내리고 있었다.

따끔거리는 복부를 손으로 어루만진 신도율이 피식 웃음을 흘렸다.

재미있었다.

그가 입을 열었다.

"뭐야? 진짜로 강해졌네?"

그때완 달리 몸 상태도 멀쩡했고, 실력 또한 어느 정도

강해졌을 거라고는 생각했다. 그렇지만 반년 동안 강해지는 건 한계가 있다 여겼다.

그런데 혁련휘는 그런 신도율의 예상을 훨씬 웃도는 움직임을 보여 준 것이다.

자하도에서의 시간들.

천마와의 그 짧았던 시간들은 진아수라라는 새로운 무공만이 아니라 혁련휘의 전체적인 실력을 모두 비약적으로 상승하게끔 도왔다.

놀랍다는 듯 말하는 신도율을 향해 혁련휘가 여전히 표정을 찌푸린 채로 대꾸했다.

"겨우 그 정도로 일일이 놀랄 거 없어. 곧 네 목도 떨어질 테니까."

말은 그리 내뱉고 있었지만 혁련휘 또한 바짝 감각을 세운 상태였다.

상대는 신도율, 천하에서 가장 강한 사내라고 봐도 무방한 자다.

'……빠르다.'

분명 먼저 벨 수 있다 생각했는데, 그보다 빠르게 신도율의 천인도가 혁련휘의 옆구리로 파고들어 왔다.

그렇지만 혁련휘는 당황하지 않았다.

애초에 쉽게 이길 상대라 생각지 않았으니까.

그랬기에 혁련휘는 더더욱 진아수라를 숨기고 있었다.

진아수라는 신도율이 모르는 비장의 한 수다.

혁련휘가 처음부터 진아수라를 펼치지 않는 건 이유가 있었다.

진아수라라는 무공 자체가 내공 소모가 심한 무공이기에 의미 없이 사용하는 횟수를 최대한 줄이려고 하는 것이다.

신도율 정도 되는 자에게 계속해서 기회를 준다면 오히려 더 강한 무공을 가지고 있으면서도 패할 가능성 또한 배제할 수 없다.

허나 혁련휘는 지면 안 됐다.

지금 이곳에서 신도율과 마주하고 서 있는 건 단순하게 한 명의 무인으로서가 아니었으니까.

이 싸움의 결과에 따라 많은 이들의 운명이, 그리고 무림의 역사가 바뀔 것이다. 그렇게 많은 책임감을 짊어지고 있는 혁련휘였기에 더욱더 신중할 수밖에 없었다.

치명타를 가할 수 있는 기회, 그때를 위해 비장의 수는 최대한 아껴 두어야 했다.

'우선은 체력부터 고갈시킨다.'

그것이 진아수라를 보다 확실히 먹히게 만드는 발판이 될 게다.

천천히 계획을 진행시키려는 혁련휘를 향해 신도율은 뒷

머리를 긁적이며 물었다.

"그런데 좀 이해가 안 가네. 움직임이나 전체적인 부분이야 그렇다 쳐도 네 아수라가 예전에 비해 비약적으로 강해졌단 말이지."

아수라는 보통 무공이 아니다.

천마라는 불세출의 무인이 마지막으로 만들어 낸 무공, 그토록 쉽게 늘고 말고 할 만한 종류의 것이 아니라는 소리다.

시간을 들여 계속해서 갈고 닦으며 이 정도의 경지에 오른 신도율의 입장으로는 고작 반년 만에 몇 단계는 더 상승한 아수라를 펼치는 혁련휘의 모습이 납득하기 어려웠다.

신도율이 다시금 말했다.

"뭐 특별한 비법이라도 있는 건가? 있으면 죽기 전에 좀 가르쳐 주지? 죽은 놈한테 캐물을 수는 없잖아."

물어 오는 신도율은 향해 혁련휘는 아무런 대꾸도 하지 않았다.

대답 대신 속마음으로 혁련휘는 그 물음에 답했다.

'네가 펼치는 것보다 훨씬 더 강맹한 아수라와 싸워 봤으니까.'

아수라의 창시자인 천마에게 죽기 직전까지 시달렸던 혁련휘다.

당시 천마는 혁련휘에게 신도율보다 높은 수준의 아수라

를 선보였고, 그걸 직접 겪으면서 또 배우기까지 했으니 그 성취가 빠른 건 당연했다.

허나 혁련휘는 그 같은 사실에 대해 굳이 이야기하지 않았다. 애써 진아수라를 감추고 있는 지금 천마에 대한 이야기를 꺼내야 할 이유가 혁련휘에겐 없었으니까.

질문에 대한 대답 대신 혁련휘가 신도율을 도발했다.

"여전히 말이 많네. 그러다가 내 아버지에게 당한 걸 그새 잊은 건가?"

"……."

혁련휘의 그 말에 신도율의 얼굴에서 순간적으로 웃음기가 싹 걷혔다. 혁무조의 이름을 떠올리는 것만으로도 신도율은 말로 표현하기 힘들 정도로 분노가 치밀어 올랐으니까.

그와의 두 번의 싸움.

첫 싸움은 완전히 패했고, 두 번째 싸움은 혁무조가 미리 준비해 두었던 진법에 빠져 결국 혁련휘를 놓치게 만드는 계기가 되어 버렸다.

그랬기에 지금 이처럼 자신의 자리를 위협받는 일이 벌어진 것이고.

단 한 번도 떳떳하게 이겼다 말할 수 없는 상대.

그나마 혁무조를 죽게 만든 게 자신이라는 것으로 애써 위안 삼고 있긴 했지만, 사실 그의 존재는 신도율에겐 자격

지심을 불러일으키게 만들었다.

신도율이 천인도를 비스듬히 세웠다.

그러고는 이내 살기 가득한 눈동자를 띤 채로 억지웃음을 흘리며 입을 열었다.

"……아비나 자식새끼나 하나같이 짜증 난단 말이야."

최대한 냉정함을 유지하고는 있었지만 혁련휘에겐 변한 그의 분위기가 느껴졌다. 아주 조그마한 동요, 그렇지만 그것만으로도 혁련휘는 자신의 도발이 성공적이었음을 직감했다.

무인에게 있어서 냉정함은 중요한 요소였고, 그걸 흔들었다는 것만으로도 이미 충분히 소기의 성과를 달성한 것이나 다름없었다.

싸늘한 시선으로 혁련휘를 쏘아보던 신도율이 나지막이 말했다.

"조심하라고. 이번엔 아까보다 한 자 정도 더 깊게 베고 지나갈 테니까."

그 말은 곧 몸을 절단 내겠다는 경고였다.

말을 내뱉은 것과 함께 신도율의 몸이 시야에서 사라졌다. 그렇지만 이미 혁련휘의 감각이 그의 움직임을 읽어 내고 있었다.

'옆!'

옆에서 밀려드는 강렬한 기운을 느낀 혁련휘가 곧바로

파멸혼으로 공격을 받아 냈다.

병기끼리 충돌하는 순간 주변으로 퍼져 나가는 충격파는 산천초목을 덜덜 떨게 할 정도의 강렬한 위력을 뽐냈다.

파파팡!

사방으로 터져 나가는 대전의 바닥에서 둘은 다시금 무기를 섞기 시작했다.

쐐엑!

떨어져 내리는 파멸혼을 위로 올려쳐 막아 낸 신도율, 순간 그에게서 빠른 속도로 뇌기가 뿜어져 나오고 있었다.

아래에서 위로 솟구쳐 오르는 신도율의 천인도에서 뇌신참이 터져 나왔다. 뇌신참은 강기로도 막아 내기 힘든 엄청난 내력이 담긴 일격, 혁련휘 또한 다급히 같은 힘을 뽑아내며 천인도를 향해 파멸혼을 들이밀었다.

파카카카캉!

두 개의 도가 맞물리며 귀가 찢겨져 나갈 정도의 굉음을 토해 냈다.

동시에 위로 쏘아진 신도율의 뇌신참은 대전의 천장에 커다란 구멍을 만들어 버렸다.

덩달아 박살이 난 지붕의 파편들은 두 사람이 서 있는 곳을 향해 비처럼 떨어져 내렸다.

쿵쿵쿵.

주변으로 연신 천장이 무너져 내렸지만 둘은 서로를 응시한 채로 한 발자국도 움직이지 않았다. 거리를 벌린 채로 혁련휘는 얼얼한 손바닥의 감각을 느끼고 있었다.

'강하다.'

그리고 그런 생각을 하고 있는 건 신도율 또한 마찬가지였다. 자신보다 한참은 아래에 있다 여겼던 혁련휘다. 그런 그가 반년이라는 시간이 지난 지금 거의 턱밑까지 쫓아온 느낌을 풍겼다.

'재능 하나는 인정해 줘야겠군.'

혁무조에 이어 혁련휘까지.

실로 대단한 핏줄이지 않은가.

신도율은 아주 잠시나마 혁련휘의 말도 안 되는 성장 속도에 대한 질투심이 일었다.

무인으로서 질투가 날 수밖에 없는 재능.

허나 그렇다고 해도 달라질 건 없었다.

엇비슷해 보이는 힘.

남들이 보기엔 호각처럼 여겨질 수 있었지만 막상 겨루고 있는 당사자들은 느낄 수밖에 없었다. 무공 아수라의 위력이 조금이긴 하지만 신도율 쪽이 우세하다는 사실을.

애초부터 신도율은 혁련휘보다 훨씬 오랜 기간 이 무공을 익혀 왔다.

재능적인 면에선 혁련휘가 뛰어났지만 시간 또한 무시할 수는 없는 것.

둘의 실력은 고작 종이 한 장의 차이.

그렇지만 절대 고수의 싸움에서 그 조그마한 차이는 어마어마한 격차를 만들어 내는 변수가 되곤 한다.

그리고 그건 바로 지금도 마찬가지였다.

신도율의 몸 주변으로 천천히 뇌기가 모이는 듯싶더니 이내 그것이 회오리처럼 몸 주변을 매섭게 맴돌기 시작했다.

마찬가지로 아수라를 익힌 혁련휘였지만 익숙지 않은 모습에 절로 손가락이 움찔했다.

무슨 수작을 벌이는 건가 의문을 품는 바로 그때였다.

틱.

갑자기 신도율은 손에 들린 천인도를 손가락으로 튕겼다.

그러자 도는 원을 그리며 허공으로 날아올랐다.

최고점에 이른 이후에 응당 아래로 떨어졌어야 하는 상황.

그런데 허공으로 치솟았던 천인도가 갑자기 우뚝 멈춰 선 채로 혁련휘를 겨누고 있었다.

이기어도다.

허공에 둥둥 뜬 채로 혁련휘를 향하고 있는 천인도. 그렇지만 문제는 그 천인도 주변으로 몰려드는 신도율의 뇌기들이었다.

츠츠츠!

뇌기들은 요란한 소리와 함께 점점 하나의 형체로 변하기 시작했다. 강기, 그렇지만 그것들은 흡사 하늘을 빼곡하게 채운 수십 개의 검의 모양으로 변해 있었다.

마치 신도율의 머리 위쪽에서 수십여 개의 무기들이 그의 내력으로 인해 떠 있는 듯한 모양새가 된 것이다.

그리고 그 하나하나에서 흘러나오는 기운이 얼마나 강대했는지, 마주하는 것만으로도 어지간한 무인들은 오금이 저려 주저앉을 정도였다.

소름이 오싹 도는 광경.

혁련휘의 표정이 일그러졌다.

'설마…… 아수라 뇌신의 힘을 응용한 건가?'

본 적 없는 초식.

한마디로 신도율이 아수라의 무공을 익히며 가지게 된 힘들 중 하나인 뇌신의 능력으로 나름의 절초를 만들어 냈던 것이다.

엄청난 힘을 뿜어낸 채로 신도율이 입을 열었다.

"왜? 이제 좀 긴장이 되나?"

"……."

놀리는 듯한 말투에 혁련휘는 아무런 대꾸도 하지 않았다.

지금 그의 무공이 뿜어낼 파괴력이 얼마만큼 위협적일지

혁련휘는 잘 알고 있었으니까.

하늘을 빼곡 채운, 뇌기로 만들어진 검들이 뿜어내는 강렬한 기운들이 당장이라도 터질 듯 넘실거렸다.

신도율이 그런 기운들을 뒤로한 채로 자신만만한 얼굴로 서서히 입을 열었다.

"그런데 어쩌지? 이번엔…… 널 구해 줄 아버지도 없는데 말이야."

신도율의 말이 끝날 무렵, 허공에 떠 있던 모든 뇌기들이 혁련휘를 향해 날아들 준비를 하기 시작했다.

신도율이 말했다.

"질긴 악연, 이제 끝내자."

말을 끝맺는 그 순간 움직여진 신도율의 손가락.

그러자 허공에 떠 있던 그 많은 뇌기로 만들어진 기운들이 마치 밤하늘에서 떨어져 내리는 별똥별처럼 줄지어 혁련휘를 향해 쏟아져 내렸다.

그리고…….

쿠아아아앙!

혁련휘가 서 있던 곳은 신도율이 날린 무수히 많은 기운들로 인해 흔적조차 찾아볼 수 없을 정도로 터져 나갔다.

장정 수십 명을 파묻어도 될 정도로 깊은 구덩이가 생겨났고, 그곳 주변으로는 어마어마한 양의 폭발의 잔재들이 흘러넘쳤다.

그리고 마찬가지로 바닥 아래에 있던 흙들도 마구 튀어 오르며 엉망이 되어 버린 시야까지.

신도율은 확신했다.

이 싸움, 끝났다고.

확신 어린 시선으로 신도율은 서서히 손을 앞으로 뻗었다.

뇌기와 함께 혁련휘가 있던 곳으로 떨어져 내렸던 천인도를 회수하기 위함이다.

땅에 박혀 있던 천인도가 막 신도율의 손바닥으로 되돌아가려는 그때였다.

파앙!

박혀 있던 천인도가 빠르게 날아왔다.

그런데 그 순간 신도율은 움찔했다. 분명 자신이 허공섭물을 사용하여 당긴 것이 맞긴 했지만 움직임이 조금 달랐다.

신도율이 다급히 고개를 틀었고, 날아오던 천인도가 아슬아슬하게 목과 어깨 가운데를 베고 지나갔다.

푯.

피가 터져 나옴과 동시에 신도율은 부상을 당한 쪽으로 시선을 돌렸다. 손가락 반 마디 정도 깊이의 상처에서 피가 흘러내리고 있었다.

부상을 입은 어깨 부분을 바라보던 신도율은 천천히 시

선을 돌려 방금 전 천인도가 날아든 방향을 응시했다.

천인도가 날아온 건 자신의 의지 때문만이 아니었다. 내력을 불어 넣어 끌어당기는 그 순간 외부의 어떠한 힘이 개입하며 방향을 바꿈과 동시에 속도 또한 빠르게 움직이게 만들어 버린 것이다.

그리고 지금 이곳에서 그런 일을 벌일 수 있는 자는…… 오직 한 명뿐이었다.

신도율은 믿을 수가 없었다.

자신이 준비해 뒀다 터트린 절초에 당하고도 살아 있다고? 그것도 저토록 엉망이 되어 버린 정중앙에 있었던 놈이?

완전히 일그러져 버린 커다란 구덩이, 그 누구였다고 해도 살기 힘들 정도의 폭발이 있었다.

허나 신도율은 지금 그 일이 가능한지 아닌지에 대한 고민을 길게 이어 갈 필요가 없었다. 그 깊은 구덩이 안에서 죽었어야 할 한 명의 사내가 걸어 나오고 있었으니까.

멀쩡하긴 힘들었는지 피투성이인 얼굴.

그렇지만 피투성이의 얼굴과는 다르게 눈빛은 여전히 또렷하다. 상처를 입긴 했지만 치명상은 아니었다는 거다.

신도율이 이를 악물었다.

살아 있다.

혁련휘, 그놈이.

7장. 호각지세(互角之勢)

— 돌파한다

신도율의 비장의 일격에 당해 깊숙이까지 처박혔던 혁련휘의 몸 상태는 그리 나쁘지 않았다. 공격을 받아 내던 도중 이마가 찢겨져 나가며 피가 흘러내렸을 뿐, 그 외엔 큰 타격은 없었다.

몸 여기저기가 아려 오긴 했지만 이런 말도 안 되는 공격을 받아 낸 대가치고는 너무도 가벼운 편이었다.

놀란 신도율을 마주한 혁련휘가 슬그머니 자신의 손을 내려다봤다.

'……아슬아슬했군.'

신도율의 말도 안 되는 공격을 이토록 쉽게 받아 낼 수 있었던 건 진아수라 덕분이었다.

혁련휘는 날아드는 공격을 진아수라를 펼치며 받아 냈다.

진공 상태를 인위로 만들어 내고, 심지어 공간까지 뒤틀어 버리는 진아수라 초진공은 신도율의 힘을 흡수해 버렸다.

물론 혁련휘가 자신을 위주로만 보호했기에 주변의 많은 것들은 터져 나가 버렸지만 말이다.

그랬기에 신도율은 자신의 공격이 혁련휘를 통해 집어삼켜졌다는 사실을 알지 못했다.

그저 그 공격을 받고도 멀쩡하게 버티고 섰다고밖에 생각할 수 없었다.

신도율은 놀란 감정을 애써 추스르며 입을 열었다.

"무슨 짓을 한 거지?"

"살아 있으니 놀랐나 보군."

혁련휘가 소매로 피를 스윽 닦아 내며 대꾸했다.

그럴 만도 하다.

딴에는 숨겨 뒀던 비장의 일격을 혁련휘에게 날린 것인데 겨우 이마에 상처 하나만 남기고 무위로 돌아갔으니 자신의 무공에 대한 자부심이 대단한 신도율의 입장에서 인정하기 쉽지 않을 수밖에 없었다.

놀랐냐는 혁련휘의 말에 신도율은 기가 막힐 지경이었다.

고작 이게 놀라는 정도로 끝날 일인가?

마음만 먹는다면 이 초식 한 방으로 절대십마의 절반을 쓸어버릴 수 있다 자부했다. 그런 일격이 고작 땅이나 파헤친 정도로 끝나 버렸으니 답답할 수밖에 없었다.

그리고 공격이 무위로 돌아간 것보다 더욱 신도율을 복잡하게 만드는 건 혁련휘가 어떻게 저토록 타격을 최소화했는지 가늠이 안 된다는 것이다.

'젠장. 대체 뭐지? 풍신의 힘으로 막아 낼 수준이 아닌데……'

터져 나가는 땅과, 주변을 잠식해 버리는 뇌기로 인해 혁련휘의 움직임을 제대로 볼 수가 없었다. 그랬기에 진아수라를 펼치는 것 자체를 확인할 수 없었던 그다.

허나 신도율은 이내 머리로 밀려드는 많은 의문을 애써 지워 냈다.

지금 혁련휘가 자신의 공격을 어떻게 막아 냈는지가 중요한 게 아니다. 이 싸움에서 이기는 것, 그것이 먼저다.

복잡한 머릿속 생각을 정리한 신도율은 냉랭한 표정으로 천인도에 힘을 불어 넣었다.

"어떻게 막아 냈는지 모르겠지만…… 변하지 않는 게 하나 있지."

그 말을 내뱉은 신도율의 천인도가 갑자기 불꽃에 휩싸였다.

성인 장정의 키 정도 될 법할 정도로 치솟은 불꽃이 대전 내부를 환하게 밝혔다.

주변의 모든 걸 불태울 것만 같은 불꽃에 휩싸인 천인도를 든 신도율이 자신만만하게 말을 이었다.

"바로 내가 더 강하다는 거다."

절대자.

세상에서 가장 강한 그 한 명이 자신이라고 신도율은 믿어 의심치 않았다.

혁무조가 죽은 그 순간부터 천하제일인은 바로 자신이었다.

그런 자신이…… 질 리가 없다.

콰드득!

걸음을 옮기는 것만으로도 땅이 조각조각 나며 옆으로 밀려 나간다. 그만큼 신도율에게서 터져 나오는 기운은 압도적이었다.

그저 다가오는 것만으로 무림에서 난다 긴다 하는 무인들조차도 전의를 상실해 버리게 만들 정도의 박력이었다.

허나 상대는 혁련휘였다.

혁련휘의 파멸혼에서도 지지 않겠다는 듯이 똑같은 불꽃이 피어올랐다.

서로를 향해 다가가는 두 사람.

신도율의 입가에 미소가 걸렸다.

'그래, 우리는 결국 둘 중 하나만이 살 수 있는 운명인 게지.'

다가오는 혁련휘에게서 풍겨져 나오는 강렬한 아수라의 힘. 애초에 같은 힘을 가졌을 때부터 둘의 운명은 정해졌던 것일지도 모르겠다.

한 하늘 아래 천마의 유지를 이은 두 명의 아수라가 존재할 수는 없는 노릇이었으니까.

거울에 비치는 자신을 보는 것만 같은 혁련휘라는 사내.

그런 그를 두고 본다면 결국 거울 안에 있어야 할 놈이 자신을 잡아먹으려 튀어나오고야 말 것이다.

바로 지금처럼.

순식간에 상대를 향해 다가가는 두 사람의 거리가 이 장 정도로 좁혀지는 바로 그때였다.

약속이라도 한 듯 거의 동시에 둘의 도가 상대방을 향해 날아들었다.

카앙!

충돌과 함께 그 충격파가 사방으로 확 하고 퍼져 나갔다. 먼지가 대전 내부를 뒤덮었고, 커다란 폭발까지 뒤이어 터져 나왔다.

불꽃에 휩싸인 두 자루의 도가 미친 듯이 요동쳤다.

카카캉!

회전하며 휘두른 신도율의 천인도가 혁련휘의 팔뚝을 베고 지나가자 기다렸다는 듯 파멸혼은 그의 어깻죽지에 긴 흉터를 남기며 솟구쳤다.

둘의 몸에서 동시에 뜨거운 열기가 훅 하고 밀려 나갔다.

파앗!

동시에 반대 방향으로 튕겨져 나간 둘은 서로 바닥을 구르며 재빠르게 자리에서 박차고 올랐다. 신도율이 보다 빠르게 반응했다.

타악.

땅을 밟으며 치솟은 그가 순식간에 혁련휘에게 밀려들고 있었다.

슈슈슉.

휘둘러지는 도에서 연신 쏟아져 나가는 날카로운 기운들이 혁련휘의 전신을 난자할 듯 날아들었다. 혁련휘는 풍신갑을 만드는 것과 동시에 황급히 그 공격을 피해 냈다.

그렇지만 다소 빨랐던 신도율의 공격을 모두 막는 건 불가능했다.

푸슉.

무릎에서 피가 튀어 올랐고 혁련휘는 이를 악물고 버틴 채로 이어지는 공격을 받아쳤다.

카앙!

일격으로 날아드는 천인도를 받아 낸 혁련휘는 그 힘을 흘리며 순식간에 신도율의 뒤편으로 회전했다.

동시에 파멸혼이 빠르게 목을 노리고 움직였다.

캉!

그렇지만 신도율은 재빠르게 도를 세우며 그 공격을 받아 냈다. 하지만 그 순간 비어 있는 틈으로 혁련휘의 주먹이 비집고 들어갔다.

쩌엉!

소리와 함께 신도율의 발이 허공에서 붕 뜬 채로 뒤로 몇 걸음은 튕겨져 나갔다.

그가 인상을 찌푸렸다. 옆구리를 타고 지끈거리는 고통이 치밀어 오른다.

분명 싸움을 주도하고 있는 건 신도율이었다.

계속해서 혁련휘보다 조금씩 앞서며 타격을 입히고 있지만…… 놀랍게도 혁련휘는 그 순간순간마다 어떻게든 일격을 날리며 자신의 뒤를 매섭게 쫓아오고 있다.

'징그러운 자식.'

신도율은 곧바로 천인도를 휘둘렀다.

도에 실린 뇌기가 사방으로 뿜어져 나갔다.

파츠츠!

커다란 내공이 꿈틀하며 쏟아진 뇌기가 순식간에 대전 곳곳을 터트렸다.

혁련휘 또한 그 폭발에 휘말린 듯이 튕겨져 나갔지만 바닥에 착지한 상태 그대로 반동을 이용하듯 순식간에 신도율을 향해 몸을 날렸다.

슈슈슉.

터져 나가는 사이사이를 움직이며 지척까지 다가온 혁련휘의 파멸혼이 움직였다.

번쩍! 쿠콰캉!

혁련휘의 파멸혼이 내려쳐진 곳에 있던 신도율은 이미 그 자리에 없었다. 대신 뒤쪽으로 다가간 그의 손이 빠르게 움직였다.

신도율의 손바닥에 이는 불꽃.

불꽃을 머금은 손이 순간적으로 혁련휘의 어깨를 쥐어뜯듯이 움켜잡았다.

염화(炎火)의 기운이 손을 통해 치고 들어왔다.

동시에 혁련휘의 어깨에서 살점이 터져 나갔고, 피가 위로 솟구쳤다.

쏟아져 나오는 피를 뒤집어쓴 채로 신도율의 주먹이 혁련휘의 가슴팍에 연달아 틀어박혔다.

퍼퍼퍼퍽!

혁련휘의 입에서 울컥 하고 피가 터져 나왔다.

주먹에 몇 차례나 제대로 명중당한 혁련휘는 그 상태 그대로 쭈욱 뒤로 밀려 나갔다.

큰 충격이 실린 일격이었지만 혁련휘는 쓰러지지 않았다.

두 발로 버틴 상태 그대로 혁련휘의 파멸혼은 여전히 신도율을 향해 있었다.

그런 혁련휘의 모습에 재차 일격을 가하려고 움직이려던 신도율은 움찔했다. 터져 나온 피가 옷 앞섬을 흠뻑 적셨다.

분명 큰 내상을 입었을 상황에도 전혀 흔들림 없는 혁련휘에겐 빈틈이 보이지 않았다.

신도율은 자신도 모르게 멈칫하는 바람에 혁련휘를 몰아칠 기회를 놓치고야 말았다. 이내 가볍게 숨을 몰아쉬는 혁련휘를 보고서야 신도율은 뒤늦게 후회가 밀려왔다.

'좋은 기회를 놓쳤군.'

조금 더 몰아칠 수 있었거늘 너무도 견고해 보이는 모습에 자신도 모르게 숨을 돌릴 기회를 줘 버리고 만 것이다.

하지만 이미 놓친 기회, 후회한다 해서 변하는 건 없다. 혁련휘에게 타격을 입힌 지금 더 몰아붙여서 이 싸움을 끝내야 했다.

신도율의 손이 위로 향하는 순간 바람이 휘몰아쳤다.

파라라락!

그리고 이내 그 바람은 날카로운 창이 되어 혁련휘를 향해 날아들었다.

귓가를 울리는 파공음과 함께 날아드는 바람의 창.

공기의 일렁거림이 혁련휘의 눈에 확실히 들어왔다. 혁련휘는 파멸혼을 곤(丨) 자로 세우고는 날아드는 바람의 창을 도의 날로 받아 냈다.

콰콰콰콰!

파멸혼과 충돌한 바람들이 양쪽으로 갈라지며 거센 울음소리를 토해 내는 그때, 신도율이 움직이고 있었다.

혼란한 틈을 타 움직이기 시작한 신도율의 움직임은 은밀했다.

바람의 창을 막기 위해 세운 파멸혼 때문에 시야 또한 좁아진 지금, 치명상을 가할 수 있는 기회가 찾아왔다 여긴 것이다.

순식간에 좁혀진 거리. 그리고 손에 들린 천인도가 막 혁련휘의 빈틈으로 파고들려는 그때였다.

공격을 휘두르며 슬쩍 혁련휘를 확인하던 신도율이 움찔했다.

파멸혼의 뒤쪽에 감춰져 있던 혁련휘의 눈동자가 정확하게 자신을 응시하고 있었으니까.

'……이런!'

몸을 낮춘 채로 파고들어 가던 도중 마주친 혁련휘의 시선을 느끼는 순간 신도율은 알 수 있었다. 이미 자신의 움직임을 정확하게 읽고 있었다는 것을.

뻗어져 나가던 천인도가 채 혁련휘에게 다가가기 직전, 위쪽에 세워져 있던 파멸혼의 손잡이가 그대로 아래로 향하며 파고들던 신도율의 이마 옆을 후려쳤다.

뻐억!

뇌가 흔들릴 정도의 충격에 신도율이 움찔하며 바닥에 한쪽 무릎을 꿇는 그때 혁련휘의 무릎이 그의 시야에 들어왔다.

콰앙!

턱을 정확하게 가격당한 신도율은 그대로 뒤로 몇 바퀴는 구르며 나뒹굴었다. 뒤편으로 마구 구르다 몸을 일으켜 세운 신도율이 화가 났는지 이를 꽉 깨물며 혁련휘를 노려봤다.

그때 열린 입술 사이로 피투성이가 된 입안의 모습이 드러났다.

이빨은 아예 피로 물들어 새빨갛게 변해 있었고, 덩달아 피가 줄줄 흘러내렸다. 거기에다가 파멸혼의 손잡이로 강하게 가격당한 머리 부분 또한 붉게 달아오른 걸로 모자라 얼굴을 적실 정도의 많은 피가 쏟아져 나왔다.

신도율은 흘러내리는 피를 손으로 거칠게 확 훔쳐 내며 피투성이가 된 얼굴로 소리쳤다.

"좋아! 이 정도는 돼야 싸울 맛이 나지!"

진득거리는 검붉은 피로 인해 얼굴이 피범벅이 되어 있는 신도율은 흡사 지옥에서 올라온 나찰을 연상케 했다.

분노한 신도율을 보며 혁련휘는 오히려 똑같이 들끓고 흥분되는 감정을 다시금 내리눌렀다.

그러며 스스로를 다독였다.

'온다. 곧 기회가 온다.'

신도율의 공격을 받아 내기 위해 이미 한 번의 진아수라를 사용했다. 막대한 내공이 소모되는 진아수라를 계속해서 사용할 순 없었기에 절호의 기회를 기다리고 있었다.

실패해선 안 될 절초.

그 한 방을 성공시키기 위해 계속해서 신도율의 체력과, 내공 모두를 소진시키고 있는 것이다.

그때 신도율이 천인도를 허공으로 치켜든 채로 크게 소리를 내질렀다.

"크아아압!"

괴성에 어울릴 정도로 커다란 뇌기가 그의 천인도로 몰려들고 있었다.

여태까지와는 비교도 안 될 정도의 힘이 담긴 뇌기가 몰려들고 있었다.

우우우웅!

신도율의 막대한 힘에 반응하듯 천인도가 울음을 토하고 있었다.

그런 신도율의 움직임을 눈으로 확인한 혁련휘 또한 파멸혼을 고쳐 잡으며 길게 숨을 내쉬었다.

"후우."

엄청난 내력이 소모되고 있는 절대 고수들 간의 싸움. 체력이나 정신력이 고갈되는 것이 상상 이상이다.

내력을 끌어모으는 혁련휘의 파멸혼에도 뇌기가 바람과 함께 밀려들었다. 동시에 천인도와 마찬가지로 파멸혼도 울부짖기 시작했다.

우우웅웅!

천하에 다시없을 두 고수의 싸움에 반응하는 신병이기들의 울음소리.

넓은 대전 안을 가득 채우는 그 울음소리는 비장함마저 풍겨져 나왔다.

신도율이 생각하는 게 무엇인지 혁련휘는 알고 있었다.

일도필살이라 불리는 뇌신참을 펼치려는 게다.

그리고 그런 그와 마주하는 혁련휘 또한 생각은 같았다. 아수라에서 가장 강력한 초식이 바로 뇌신참이었으니까.

신도율이 내력을 쥐어짜며 만들어 낸 꿈틀거리는 뇌기는 소름을 돋게 만들 정도였다.

먼저 기를 모으기 시작했던 신도율, 결국 선공을 펼치는 것도 그였다.

타악!

회전하는 신도율의 천인도에 실려 있던 뇌기가 수십 개로 갈라지며 요동쳤다. 그리고 날아드는 공격을 눈으로 확인한 혁련휘 또한 지지 않고 파멸혼을 내뻗었다.

수십 개의 힘이 정확하게 가운데 지점에 이르러서 충돌했다.

콰콰쾅!

힘의 충돌, 그리고 이어지는 후폭풍으로 인해 공격을 펼쳤던 둘의 몸이 그 여파를 이기지 못하고 난도질당하듯 핏줄기가 터져 나왔다.

직접적으로 뇌기에 당하지 않았음에도 불구하고 그 충격파만으로 이 같은 타격을 입고 있는 것이다.

말도 안 되는 이런 상황이 가능한 건 둘이 펼친 뇌신참이 그만한 위력이 있었기 때문이다.

버티고 서 있던 둘의 입에서 동시에 피가 터져 나왔다. 그리고 이내 허공에서 충돌했던 뇌기들이 환한 구체의 충격파로 변했다.

쿠카카캉!

원형의 구체가 점점 커지며 퍼져 나갔고, 덩달아 혁련휘와 신도율의 몸은 그 여파로 인해 뒤로 날아가 바닥에 처박혔다.

쾅!

바닥에 쓰러졌던 신도율이 자리에 드러누운 그 상태에서 고함을 질러 댔다.

"으아아아!"

온몸에 생긴 상처로 인해 옷은 피투성이다.

안 아픈 곳을 찾기 어려울 정도로 엉망인 몸 상태. 그렇지만 지금은 그런 고통보다 분노가 뇌를 지배하고 있었다.

신도율이 먼저 피투성이가 된 몸을 일으켜 세웠다.

그의 시선이 향한 곳에는 힘겹게 일어서고 있는 혁련휘가 있었다.

신도율과 마찬가지로 혁련휘 또한 꼴이 말이 아니었다. 드러난 부분도 그렇지만 전신에 수없이 많은 부상을 입은 상태다.

거기에 내공이 충돌하면서 서로에게 밀려든 무형의 기운으로 인해 적잖은 내상들까지 입은 상황.

혁련휘를 확인한 신도율은 이를 갈았다.

뿌드드득!

망설일 이유는 없었다.

신도율은 곧바로 땅을 박차고 혁련휘를 향해 순간적으로 날아들었다.

그리고 신도율의 움직임을 느꼈는지 혁련휘 또한 자신의 몸 상태는 아랑곳하지 않고, 달려드는 그를 향해 몸을 날렸다.

둘 사이의 거리가 좁혀지는 그 순간 동시에 땅을 박찬 둘은 흡사 매처럼 날아올랐다.

파앙!

하늘로 솟구친 둘의 몸이 허공에서 얽히고 들어갔다.

파바박!

둘의 도가 서로를 향해 휘몰아치며 상대의 목숨을 뺏기 위해 연신 밀어닥쳤다. 두 사람은 허공에 뜬 그 상태 그대로 수십 합을 겨뤘다.

둘의 몸을 스치고 지나가는 서로의 도가 기다란 상처들을 연달아 만들어 냈다.

그렇지만 누구 하나 물러서지 않으며 상대에게 보다 큰 타격을 입히기 위해 성난 맹수처럼 달려들어 댔다.

허공에서 터져 나오는 핏줄기.

둘의 주변으로 붉은 피와 뜨거운 열기가 밀려 나갔다. 그리고 이윽고 허공으로 날아올랐던 둘의 몸이 떨어지려는 찰나였다.

부웅!

날아드는 혁련휘의 파멸혼을 아슬아슬하게 피해 낸 신도율의 목에서 피가 터져 나왔다.

종이 한 장 비집고 들어가기 어려울 정도로 아슬아슬한 공격.

그렇지만 신도율은 용케 그 공격을 피해 냈고, 순간 그의 눈동자에 비어 있는 틈이 발견됐다.

신도율의 손에 들려 있던 천인도가 빙그르르 회전하더니 이내 빠르게 허공을 훑듯이 휘둘러졌다.

그리고 그 공격은 정확하게 혁련휘의 배를 긋고 지나갔다.

손에 느껴지는 확실한 감각.

'……베었다!'

신도율의 예상처럼 이번 일격은 꽤나 깊었다. 혁련휘의 배에서 긴 상처와 함께 피가 팍 하고 터져 나갈 정도였으니까.

혁련휘는 허공에서 머리가 아찔해지는 걸 느꼈다.

아주 짧은 순간이지만 고통으로 인해 정신이 흐려질 정도의 타격, 그렇지만 혁련휘는 이를 악물었다.

배를 베고 지나간 후 곧바로 방향을 틀어 날아드는 천인도가 옆구리에 박히려는 찰나 파멸혼을 움직여 그 공격을 받아 냈다.

카앙!

둘의 도가 허공에서 다시금 충돌하는 그때.

혁련휘의 손이 움직이고 있었다.

자신만만하게 공격을 퍼부었던 신도율은 자신의 미간 쪽에 드리워진 그림자에 움찔했다. 혁련휘의 손이 어느새 그에게 날아들고 있었다.

쩌엉!

손바닥이 그의 미간을 후려쳤고, 동시에 혁련휘는 떨어져 내리는 신도율의 어깨를 발로 밟으며 더욱 강하게 아래로 내리꽂았다.

신도율은 곧바로 손쓸 틈도 없이 떨어져 바닥에 처박혔고, 혁련휘는 그 상태로 오히려 보다 높게 치솟아 올랐다.

쿠웅.

"크윽!"

바닥에 처박혔던 신도율이 신음 소리와 함께 번개처럼 고개를 치켜들었다.

하늘 위에서 훨훨 날며 치솟아 오르고 있는 혁련휘의 모습이 눈에 들어왔다.

신도율의 얼굴에 드리워진 살의.

배를 베었다고는 하지만 곧바로 바닥에 냅다 처박혀 버렸으니 자존심이 확 하고 뭉개진 것이다. 혁련휘를 상대로 이토록 고전할 거라고는 생각조차 하지 못했던 그다.

치켜든 시선으로 혁련휘를 노려보던 신도율이 버럭 소리를 내질렀다.

"혁련휘!"

고함을 지르며 자리를 박차고 일어난 그가 곧바로 반동을 이용하듯 허공으로 다시금 날아올랐다. 막 최고점에 도달했다가 서서히 떨어져 내리는 혁련휘를 향해 매섭게 솟구쳐 오르는 신도율의 몸 주변으로 기운들이 꿈틀거리기 시작했다.

수십 개의 뇌기가 그에게서 뿜어져 나왔다.

쏴아아아!

모든 걸 갈가리 찢어 버릴 것만 같은 위력적인 힘이 신도율에게서 터져 나오고 있었다.

전력을 쏟아부으며 날아드는 신도율, 두 사람의 거리가 순식간에 좁혀졌다. 그리고 그의 성난 얼굴이 눈에 확연하게 들어올 정도로 가까워지는 그 순간 혁련휘는 직감했다.

지금이라고.

여태까지 기다려 왔던 그 순간이 바로 지금이라고.

공격을 가장 피하기 어려운 게 과연 어디일까?

바로 허공이다.

두 발로 움직일 수 있는 땅과 달리 허공에서의 움직임은 제약이 따른다.

제아무리 뛰어난 고수라 허공에서도 여러 가지 경신술을 펼칠 수 있다 해도 땅에서의 움직임에 비한다면 결국 둔탁해질 수밖에 없다.

거기다 폭발적으로 터져 나온 신도율의 뇌기까지.

모든 걸 공격에 쏟아붓고 있는 지금 방어를 하는 것도 불가능에 가깝다.

마음을 정하는 순간 혁련휘의 몸 안에서 아수라의 기운들이 폭발하기 시작했다.

그리고 이내 그것들은 새로운 무형의 기운으로 변해 혁련휘의 손바닥을 타고 빠르게 파멸혼으로 스며들었다.

팟!

혁련휘의 파멸혼에서 무형의 힘이 터져 나갔다. 그것은 결코 신도율이 뿜어내는 뇌기처럼 화려하지도, 위력적으로도 보이지 않았다.

형태를 찾기도 힘들 정도로 미약한 공기층의 울림.

허나 그것이…… 진아수라였다.

뇌기에 휩싸인 채로 치고 올라가던 신도율은 자신만만했다.

혁련휘의 뒤늦은 반응, 그만큼 이 공격은 그에게 큰 치명상을 줄 수 있다 생각했다.

그렇게 날아들던 신도율은 갑자기 자신의 몸이 허공에서 뭔가에 끌리듯 빨려 들어감을 느꼈다.

'이, 이건?'

오싹.

신도율은 전신의 털이 곤두섬을 느꼈다.

아주 찰나의 변화.

어지간한 무인이라면 알아차리지 못했을 그 미묘한 기류를 느끼는 순간 신도율의 안색이 굳어졌다.

혁련휘에게서 뿜어져 나온 정체불명의 힘을 느껴서다.

이게 뭔지 신도율로서는 알 수 없었다.

처음 보는 힘이었으니까.

그럼에도 불구하고 신도율의 감각이 다급히 신호를 보냈다.

위험하다고. 지금 이 일격을 피해야 한다고.

신도율은 황급히 뇌기를 방어로 돌리려 했다. 허나 이내 그는 이를 악물었다.

이렇게 지척까지 도달한 상황.

막는다는 게 불가능할 거라는 생각이 뇌리를 스치고 지나간 것이다.

그랬기에 신도율은 생각을 바꿨다.

'……돌파한다!'

신도율은 오히려 정면 대결을 택한 것이다.

떨어져 내리는 혁련휘, 그리고 치고 올라가는 신도율.

둘이 뿜어내는 기운이 서로를 향해 날아드는 그 순간, 세상의 모든 것은 시간이 멈춘 듯 천천히 흘러가고 있었다.

그리고 이내 두 개의 힘이 격돌하는 순간.

파앗!

세상은 하얀빛에 휩싸였다.

8장. 종지부

— 나는 다를 것이다

쿠르르릉!

두 사람의 격돌, 그 이후 지진이라도 난 듯이 떨리기 시작한 대지로 인해 곳곳이 박살이 나 있던 대전의 천장이 무너져 내렸다.

침묵에 휩싸인 대전 내부에서는 무너져 버린 천장으로 인해 그 누구의 모습도 보이지 않았다.

승패를 가늠할 수 없는 격전의 현장.

그때였다.

무너진 천장의 돌들이 잔뜩 뒤덮여 있는 곳에서 자그마한 움직임이 보이기 시작했다.

쿠웅. 쿵.

옆으로 힘겹게 밀려 나가는 돌 아래에서 힘겹게 몸을 끄집어내는 건…… 신도율이었다.

힘을 쥐어짜며 가까스로 기어 나온 신도율의 상태는 엉망이었다.

온몸은 피투성이였고, 팔 한쪽은 진아수라에 맞으며 아예 날아가 버린 상황이었다.

감각적으로 몸을 틀었던 덕분에 목숨은 부지할 수 있었지만 그 대가로 신도율은 왼쪽 팔을 잃었다. 그리고 이어지는 후폭풍으로 인해 전신 곳곳에는 수십 개의 비수가 틀어박힌 것처럼 깊은 상처들이 생겨 있는 상태.

돌 위로 기어 올라온 그가 아래쪽을 향해 기침을 해 댔다.

"콜록, 콜록."

기침과 함께 피가 연달아 터져 나왔다.

굳이 확인하지 않아도 내장까지 망가진 것이 분명했다.

신도율은 진탕이 된 속을 애써 다스리며 이를 꽉 깨물었다.

'대체 뭐에 당한 거지?'

당해 버린 지금조차도 채 감이 오지 않는다.

혁련휘으로부터 쏟아진 힘은 공간을 일그러트리며 자신

의 균형을 무너트렸고, 팔 한쪽을 완전히 날려 버렸다.

동시에 몸 곳곳을 파고든 치명적인 비틀림으로 인해 살점들이 사정없이 찢겨져 나간 상황이다.

신도율이 힘겹게 허리를 펴고 뒤편에 위치해 있는 커다란 바위에 몸을 기댔다.

뭔가가 지탱해 주지 않으면 버티고 서 있기도 힘든 상황. 앉은 상태에서 힘겹게 주변을 둘러보던 신도율의 입가에 천천히 웃음이 밀려왔다.

"하, 하하, 하하하!"

자신을 제외하고 아무도 남아 있지 않은 대전.

꼴은 엉망이었고, 이토록 당했다는 사실에 화도 났지만 그래도 살아 있다. 과정은 맘에 안 들었지만 결국 승자는 자신인 것이다.

자신을 향해 맹렬하게 떨어져 내리던 혁련휘가 뇌기에 휩싸이던 모습을 떠올리던 그가 주변을 다시금 둘러봤다.

여전히 아무런 기척도 느껴지지 않는 공간.

뭐가 그리도 재미있는지 신도율은 다친 와중에서도 스스로의 하나 남은 팔로 배를 움켜쥔 채 힘겹게 웃음을 터트렸다.

"푸하하하! 모자란 놈 같으니라고. 감히 날 이기려 들어?"

가까스로 이겨 낸 싸움.

그렇지만 신도율은 무척이나 기뻤다.

당장이야 몸 하나 가누기 힘들 정도로 큰 부상을 입은 상황이긴 했지만…….

곧 자신이 가장 아끼는 진풍비마대가 이곳 대전에 도달할 것이다. 그들이 돕는다면 이곳 마교에서 도망쳐 나가는 건 일도 아니다.

한동안 숨어서 몸을 회복하고 마교를 다시 수복하는 건 신도율에게 그리 어렵지 않았다.

혁무조도, 혁련휘도 없는 마교를 손에 넣는 건 식은 죽 먹기나 다름없었으니까.

조금 더 편안하게 돌에 등을 기댄 채로 신도율은 고개를 치켜들었다.

입가에 여전히 맴도는 웃음.

그가 하늘을 올려다본 채로 버럭 소리쳤다.

"망할 놈의 혁씨 핏줄들!"

혁무조에 이어 혁련휘까지.

정말 지독하게도 신도율을 힘들게 하던 작자들이다. 그렇지만 그 질긴 악연을 이제 끊었다고 생각하니 자신도 모르게 계속 웃음이 흘러나왔다.

그렇게 한참을 웃어 대던 신도율은 이내 밀려드는 고통

을 참기 힘들었는지 애써 기쁨을 추슬렀다.

계속해서 웃어 대니 가뜩이나 부상당했던 복부가 땅겨왔다.

신도율이 힘겹게 몸을 일으켜 세웠다.

그의 시선이 향하는 곳은 가장 높은 곳에 위치한 교주의 의자였다.

지붕 대부분이 무너져 내리긴 했지만 상석의 위쪽엔 따로 안전에 대비한 장치가 되어 있었기에 그곳은 멀쩡했다.

신도율은 교주의 의자가 있는 상석을 향해 비틀거리며 몸을 움직이기 시작했다.

곧 찾아올 수하들을 초라하게 맞고 싶지 않았다.

당당하게 교주로서 그들을 맞이하리라.

그렇게 의자가 있는 상석을 향해 대여섯 걸음 정도 내디뎠을 때였다.

신도율의 발걸음을 잡는 소리가 뒤편에서 들려왔다.

투둑, 투두둑.

걸음을 옮기던 신도율이 움찔했다.

올라가 있던 입꼬리가 딱딱하게 굳은 채로 그가 힘겹게 몸을 돌렸다.

그리고 고개를 돌리는 그 순간 커다란 돌 사이에서 뭔가가 서서히 몸을 일으키고 있었다.

쐐아아.

땅속에서 몸을 일으키는 누군가를 뒤덮고 있던 흙들이 소리를 내며 양옆으로 떨어져 내리고 있었다.

그렇게 조금씩 본연의 모습을 드러내기 시작한 한 사내.

신도율이 떨리는 목소리로 입을 열었다.

"……혁련휘."

신도율의 일격을 맞으며 함께 모습을 감췄던 그다. 아무런 기척도 없었기에 죽었다고 확신하고 있었거늘 혁련휘가 무너진 돌무더기 사이에서 몸을 일으켜 세운 것이다.

힘겹게 모습을 드러낸 혁련휘의 몸 상태는 분명 좋지 못했다.

당연한 일이다.

신도율의 뇌기를 정면으로 받아 버렸으니까.

허나…….

몸을 일으켜 세운 혁련휘가 슬그머니 고개를 돌려 옆을 응시했다. 그리고 그곳에 자리하고 있던 신도율은 움찔하고야 말았다.

부상을 입고는 있지만 신도율과는 확연하게 달랐다.

사지 모두가 멀쩡했고, 두 눈에서는 아직도 꺾이지 않은 투기가 흘러넘친다.

딱 봐도 신도율 본인보다 훨씬 나은 상태라는 걸 알 수 있었다.

이 모든 건 진아수라 덕분이었다.

공간을 비틀어 진공 상태를 만들어 버리는 진아수라라는 무공의 특징 덕분에 날아드는 신도율의 공격의 많은 부분을 무(無)로 돌려 버린 것이다.

그 덕분에 신도율의 전력을 다한 일격을 몸으로 받고도 이토록 무사할 수 있었다.

혁련휘는 자신의 주먹을 몇 번 쥐었다 폈다를 반복했다. 손가락 하나 움직일 때마다 고통이 치밀어 오르긴 했지만…….

'고맙소, 천마.'

그를 만났기에, 그리고 그의 무공을 익힐 수 있었기에 지금 혁련휘가 이렇게 살아 있을 수 있었다.

"하아."

혁련휘가 길게 숨을 내뱉었다.

충격을 받고 아주 잠시 혼절하긴 했지만 다행히 신체의 모든 부분들이 아직 혁련휘의 의지에 따라 움직이고 있었다.

혁련휘가 땅속에 손을 박아 넣더니 이내 뭔가를 끄집어 냈다.

마찬가지로 흙을 쏟아 내며 모습을 드러낸 그 물건은 파멸혼이었다.

파멸혼을 든 혁련휘가 자신을 놀란 눈으로 바라보는 신도율을 향해 서서히 입을 열었다.

"……말했잖아. 그 의자 네가 앉을 자리가 아니라고."

신도율이 다친 몸을 이끌고 상석에 위치한 교주의 의자로 가려고 했던 걸 알아차린 혁련휘가 차갑게 말을 내뱉었다.

그런 혁련휘를 향해 신도율이 이해가 안 간다는 듯 고개를 마구 저으며 중얼거렸다.

"대, 대체 어떻게 또……."

아까 자신의 비기를 맞고도 살아 있더니 지금도 마찬가지다.

분명 확실하게 뇌기에 휩쓸리는 걸 확인했거늘 어찌 이게 가능하단 말인가.

놀라는 신도율을 향해 혁련휘가 이제야 진실을 이야기했다.

"천마를 만났거든."

"……뭐?"

"자하도로 돌아가 천마를 만났고, 그에게서 진아수라를 전수받았지."

혁련휘의 이야기를 전해 들은 신도율은 황당하다는 표정

을 짓고 있었다.

천마를 만났다는 사실에 당황했고, 이어 그의 마지막 무공을 자신이 아닌 혁련휘가 가지게 됐다는 사실에 다시 한 번 분노했다.

천마라는 존재를 동경했다.

자하도에서의 지옥과도 같았던 삶 속에서 신도율은 운명처럼 천마의 힘을 얻었고, 세상에 나오면서부터 그가 만들어 낸 세력인 마교라는 것에 욕심을 가졌다.

천마의 후계자인 자신만이 진정한 마교의 주인이 될 수 있는 정통성과 그밖에 필요한 모든 것들을 갖췄다고 스스로 자부했다.

그런데…… 그건 혁련휘도 다르지 않았다.

아니, 오히려 언제나 혁련휘가 자신보다 앞서 있었다.

신도율은 그런 사실이 너무도 싫었다.

마치 하늘이 자신에게 그 자리에 앉을 자격이 없다 말하는 것 같아서.

"으으으으!"

신도율이 분하다는 듯 주먹을 쥔 채로 부들부들 떨었다.

하지만 지금 중요한 건 그것이 아니었다.

너무도 확연하게 차이가 나는 두 사람의 상태. 그게 문제였다.

팔 한쪽이 날아가고 힘들게 걸음을 옮기는 것이 고작인 자신에 비해 혁련휘는 아직까지 조금이긴 하지만 싸울 힘이 남아 있었다.

지금의 몸 상태로 과연 얼마나 버틸 수 있을까?

운이 좋아야 십여 합 정도나 받는 게 고작이다. 거기다 혁련휘와는 달리 신도율은 둘이 격돌하며 생겨난 폭발 속에서 천인도를 잃고야 말았다.

가뜩이나 싸울 힘도 없는 상황에서 맨손으로 혁련휘를 맞아야 한다는 소리다.

신도율은 정확하게 현재 자신의 입장을 파악했다.

'……지금 싸우면 진다.'

분하지만 이것이 현실이다.

현실을 직시한 신도율의 시선이 가장 먼저 향한 곳은 바로 하늘이었다. 박살이 난 탓에 외부의 모습이 훤히 드러나는 천장을 통해 지금 시간을 파악하는 것이다.

굳이 이런 상황에 시간부터 확인하는 신도율의 행동엔 이유가 있었다.

진풍비마대 때문이다.

신도율이 이끄는 최강의 전투 부대. 그들의 도착 시간을 확인하는 것이 지금은 가장 중요했으니까.

하늘을 올려다본 신도율의 표정은 이내 밝아졌다.

아주 조금씩 밤하늘의 한쪽에서부터 어둠이 밀려 나가고 있었다.

늦어도 해가 뜨기 전까지 이곳 교주전에 도착할 것이라 알렸던 진풍비마대다.

그리고 그들은 결코 자신들이 한 말을 어기지 않는다.

서서히 찾아오는 아침.

그 말은 그들이 곧 이곳에 도착할 거라는 걸 말해 주고 있었다.

신도율은 몸을 완전히 틀어 혁련휘와 마주했다.

최대한 시간을 끌어야 한다.

진풍비마대가 도착한다면 이 싸움 결국 자신이 이긴다. 그때까지 어떻게든 버티는 것이 지금 신도율이 할 수 있는 최선책이었다.

신도율은 자신의 몸 안에 있는 내공의 상태부터 확인했다.

방금 전 마지막 일격에서 많은 내공을 쏟아 부었고, 거기에 심한 부상과 내상까지 겹치며 남은 힘은 얼마 되지 않았다.

길게 끌기엔 힘이 모자란 상황, 신도율은 공격을 포기하고 방어에 모든 걸 쏟기로 마음먹었다.

서로를 향하는 매서운 눈동자.

신도율은 처음부터 움직일 생각이 없었기에 결국 혁련휘가 먼저 선공을 날렸다.

날아든 혁련휘의 파멸혼이 신도율을 향해 휘둘러졌다. 그리고 그런 그의 공격을 신도율은 풍신의 힘을 손에 두른 채로 받아쳤다.

파앙!

힘이 충돌하기 무섭게 신도율의 몸이 뒤로 밀려 나갔다.

그나마 멀쩡했던 손바닥의 살가죽이 터져 나갔고, 동시에 입에서도 피가 뿜어져 나왔다.

"컥컥."

신도율은 간신히 몸을 지탱한 채로 거칠게 피를 토했다.

허나 그는 여유 있게 호흡을 가다듬을 수조차 없었다. 다시금 혁련휘가 밀려들고 있었기 때문이다.

부웅!

파멸혼에 서린 불꽃이 신도율에게 밀려들었다.

황급히 쓰러지듯이 물러나던 그의 가슴에서 다시 한 번 피가 솟구쳤다.

신도율은 자신의 가슴을 움켜쥔 채로 뒷걸음질 쳤다.

연신 당하는 신도율의 얼굴은 핏기를 느끼기 힘들 정도로 새하얗게 변해 있었다.

가슴을 움켜쥔 손 위를 순식간에 뒤덮어 버릴 정도로 많은 양의 피가 꾸역꾸역 밀려 나왔다.

신도율은 이를 악문 채로 혁련휘를 노려봤다.

오래 버티지 못할 거라는 건 처음부터 알았다.

그런데 상황은 생각보다 더욱 좋지 않았다.

피를 뿜어내는 신도율과 먼 거리에서 마주하고 있던 혁련휘 또한 제법 지쳤는지 허리를 굽힌 채로 거친 숨을 몰아쉬었다.

그렇지만 이내 그는 상체를 다시금 일으켜 세우며 파멸혼을 고쳐 잡았다.

신도율의 최후의 순간이 코앞까지 다가온 것이다.

혁련휘가 천천히 입을 열었다.

"네놈을 죽일 이 순간을 오래전부터 기다려 왔다."

"……미친 새끼. 누가 누굴 죽인단 말이냐?"

여전히 가슴을 부여잡은 채로 힘들게 대꾸하는 신도율을 향해 혁련휘가 말을 이었다.

"정말 더럽도록 지겨운 악연이었잖아? 이제 그 종지부를 찍을 때가 온 것 같군."

혁련휘에게서 너무도 많은 걸 빼앗아 간 신도율이다. 동생인 혁리원도, 아버지인 혁무조도. 그 둘의 목숨을 모두 빼앗아 간 당사자가 지금 눈앞에서 서서히 죽어 가고 있었다.

둘의 시신을 앞에 두고 맹세했다.

반드시 복수를 하겠다고.

그리고 그 순간이 드디어 찾아온 것이다.

다가오는 혁련휘의 발걸음에 마찬가지로 뒷걸음질 치며 시간을 끄는 신도율은 식은땀이 줄줄 흘러내렸다.

고통도 고통이지만, 그보다 지금 자신이 죽을지도 모른다는 상상이 그를 더욱 옥죄어 온다.

이렇게 죽는다는 건 인정하고 싶지 않았다.

천하의 주인이 된 지 얼마나 됐다고 이리도 비참하게 죽음을 맞이한단 말인가.

점점 조여 오는 혁련휘의 움직임을 눈으로 좇던 신도율이 갑자기 움찔했다.

그의 귓가로 이곳 대전의 입구로 들어서는 인기척이 느껴진 탓이다.

그리고 그 소리는 듣는 순간 신도율의 표정이 돌변했다.

'왔구나!'

부서진 지붕을 통해 서서히 밀려 나가는 어둠이 여실히 눈에 들어오는 지금.

신도율은 확신할 수밖에 없었다.

진풍비마대가 도착했다고.

그 사실을 확인하자 신도율은 미친 듯이 웃기 시작했다.

"으, 으하핫!"

실성이라도 한 것처럼 광천대소를 터트리는 신도율의 모습에 혁련휘가 잠시 움찔하는 그때였다. 그가 웃음 가득한 얼굴로 자신만만하니 입을 열었다.

"멍청하게 다 끝났다 여겼느냐. 내가 죽는다고? 웃기는 소리! 죽는 건 너다 혁련휘!"

신도율은 엉망이 된 손으로 교주전의 입구를 가리키며 소리쳤다.

"들리느냐 이 인기척이? 네놈은 몰랐겠지만 지금 이곳으로 내가 아끼는 녀석들이 오기로 했거든. 그리고…… 마침 그 녀석들이 여기 도착한 모양이군. 이 싸움의 승자는 나다. 네가 아니라 바로 나라고!"

말을 마치고도 좋다는 듯 웃어 젖히는 신도율, 그리고 그의 말을 전해 들은 혁련휘가 교주전의 문 쪽으로 시선을 돌렸을 때였다.

신도율의 말처럼 커다란 교주전의 문이 서서히 열리기 시작했다.

끼이이익.

열리는 문. 그리고 그곳에서 들어온 것은…….

자신만만하게 웃고 있던 신도율의 표정이 기괴하게 비틀리고 있었다.

그는 믿을 수 없다는 듯 고개를 도리질 쳤다.

"아냐, 이럴 리가 없어. 이럴 리가 없다고!"

모습을 드러낸 건 진풍비마대가 아니었다.

상처투성이의 몸을 이끌고 모습을 드러낸 건 바로 비설, 그녀였다.

분명 진풍비마대가 도착할 거라 믿으며 자신의 마지막 패까지 꺼내 놓았거늘 막상 모습을 드러낸 건 그토록 자신의 계획을 망쳐 놨던 비설이었다.

바깥에서 신도율이 외쳐 대던 이야기를 들었던 그녀였기에 그가 왜 지금 이토록 혼란스러워하는지 잘 알고 있었다.

비설이 입을 열었다.

"당신이 기다리는 그들은 안 와요. 아니, 못 와요."

"……어째서?"

물어 오는 신도율을 향해 비설이 곧바로 대꾸했다.

"그들은 절 넘어서지 못했거든요."

동문으로 달려갔던 비설, 그녀가 그곳을 통해 마교 내성으로 들어오려는 진풍비마대 전원을 궤멸시키고 돌아온 것이다.

직접 보지는 못했지만 비설이 내뱉은 그 한마디에서 신도율은 어떠한 일이 벌어졌는지 얼추 짐작할 수 있었다.

그가 얼굴을 감싸 쥔 채로 고통에 찬 비명 소리를 질렀다.

"이이! 이 망할 계집이!"

혁련휘와 버금가게 죽이고 싶었던 상대다.

저 여인이 망쳐 놓았던 그 많은 일들이 뒤늦게 자신들의 발목을 잡았으니까.

십수 년을 준비하여 이뤄 낸 자신의 꿈.

그토록 힘겹게 얻은 천하의 주인이라는 자리가 고작 저 둘에 의해 망가지고 있었다.

신도율은 털썩 무릎을 꿇었다.

진풍비마대 하나만을 기다리며 어떻게든 버텨 왔던 그다. 마지막 희망이 사라지자 동시에 간신히 부여잡고 있던 힘까지 모두 소진되어 버렸다.

그런 신도율의 지척까지 혁련휘가 다가왔다.

파멸혼을 든 그가 바로 앞에 도달했음에도 신도율은 꿈쩍도 하지 못했다.

그에겐 남은 힘이 얼마 없었으니까.

신도율은 자신의 앞에 이르러 멈추어 선 혁련휘를 힘겹게 올려다봤다.

자신을 내려다보는 혁련휘의 시선이 맘에 들지 않았다.

신도율이 천천히 입을 열었다.

"……이게 끝이라 생각하느냐?"

갑작스러운 그의 말에 혁련휘는 별다른 대꾸도 하지 않았다. 그러자 신도율은 악에 받친 듯 혁련휘를 향해 소리쳤다.

"너라고 다를 것 같더냐 혁련휘! 네놈의 최후 또한 나와 다르지 않을 것이야. 결국 마교 교주의 자리를 노리는 다른 누군가에게 이리 당하고, 결국 비참한 죽음을 맞이할 것이다!"

신도율은 비웃음을 잔뜩 머금은 채로 저주의 말을 쏟아냈다.

그런 그의 이야기를 끝까지 듣고만 있던 혁련휘가 파멸혼을 높게 치켜 들으며 입을 열었다.

"아니…… 난 다를 거다."

확신에 찬 목소리.

그리고 이내 파멸혼을 쥔 손에 힘을 불어 넣으며 말을 이었다.

"너와는 달리 내 옆을 지켜 주는 녀석들이 아주 많아서 말이야."

"크큭, 어디 한번 네놈 말이 맞을지 내 먼저 지옥에 가서 두 눈 부릅뜨고 지켜보도록 하지."

"……얼마든지."

대답과 함께 혁련휘의 파멸혼이 움직였다.

서컹.

신도율의 머리가 몸에서 분리되며 바닥으로 떨어져 내렸다. 혁무조를 죽이고 천하의 주인이 되었던 그의 최후였다.

신도율의 목을 벤 혁련휘는 곧바로 파멸혼을 집어넣고는 몸을 돌려 비설이 있는 쪽으로 걸음을 옮기려 했다.

하지만 이내 비틀거리며 가까스로 몸을 지탱하는 그를 본 비설이 먼저 달려왔다.

그녀가 혁련휘의 팔을 들어 자신의 어깨에 걸치며 말했다.

"형님, 저한테 기대세요."

훨씬 큰 혁련휘를 어깨로 받쳐 주며 비설은 그를 데리고 교주전의 입구 쪽으로 한 걸음씩 옮겼다.

혁련휘는 팔을 두른 채로 걷던 와중에 천천히 입을 열었다.

"……번번이 신세만 지는구나."

"겨우 이 정도로 신세는요."

비설이 씩 웃었다.

그런 비설을 말없이 바라보던 혁련휘는 이내 엉망인 그녀의 상태가 맘에 안 들었는지 퉁명스레 말했다.

"그런데 왜 이리 많이 다쳤느냐. 분명 다치지 말라 말했을 텐데."

"에이, 형님이 저한테 그런 말 하실 때는 아니죠. 저보다 훨씬 심하시면서."

비설의 말대로 더욱 상태가 좋지 않은 건 혁련휘였다. 그렇지만 혁련휘는 자신보다 비설의 상처가 더욱 걱정이었다.

그가 비설의 뺨에 난 상처를 조심스레 손으로 어루만졌다. 그런 그의 손길이 싫지 않았는지 비설은 혁련휘를 향해 시선을 돌린 채로 슬며시 미소 지었다.

그런 그녀와 시선을 마주하고 있자 혁련휘는 많은 생각이 들었다.

환영학관에서부터 이렇게 다시금 마교를 수복하기까지 벌어졌던 수많은 일들.

결국 혁련휘는 자신이 하고자 했던 모든 일들을 해냈다. 허나 그 모든 일들이 가능했던 이유는 자신의 능력 덕분만이 아니었다.

지금 자신을 부축한 채로 함께 걸어가는 이 여인.

비설이 있었기에 가능했다.

혁련휘가 그런 그녀를 향해 천천히 입을 열었다.

"네 덕분이다."

"갑자기 무슨 소리세요?"

"네가 있었기에 여기까지 올 수 있었어."

"부끄럽게 칭찬은요. 형님 일인데 돕는 게 당연하죠."

씩씩하게 대답하는 비설을 바라보며 혁련휘가 미안하다는 듯 말했다.

"어쩌지? 난 너에게 별로 준 게 없는 거 같은데."

"없긴 왜 없어요. 가장 중요한 형님의 마음을 제게 주셨잖아요."

비설의 그 말에 혁련휘는 잠시 놀란 듯 그녀를 바라봤다.

언제나 이랬다.

그녀의 행동 하나하나가, 혁련휘의 차가웠던 마음을 따뜻하게 만드는 이런 말들이 자신을 변하게 만들었다.

그녀가 있었기에, 또 환야와 달치 그리고 부의민이 함께 했기에 지금 이곳까지 올 수 있었다.

비설에게 부축을 받은 채로 걸음을 옮기던 혁련휘가 이내 교주전의 입구를 빠져나갔다.

그리고 문을 통해 바깥으로 첫 걸음을 내딛는 순간 길었던 밤의 끝을 알리기라도 하려는 듯이 하늘의 한쪽에서 서서히 밀려드는 햇빛이 두 사람을 향해 내리쬐고 있었다.

긴 밤이 끝나고 찾아온 아침.

싸움이…… 끝났다.

* * *

신도율이 죽었다는 사실이 알려지자 싸움은 순식간에 정리되기 시작했다. 어차피 신도율이 예전부터 키워 왔던 세력들을 제외하고는 그에 대한 충성심이 그리 깊지도 않았던 상황.

굳이 목숨을 걸고 싸울 이유가 없었던 것이다.

시끄러웠던 밤이 지나고 찾아온 낮.

싸움은 끝났지만 여기저기에서 부산스러운 움직임들이 있었다.

환자들을 치료하기 위해서이기도 했고, 아직 마교 내부에 남은 신도율의 잔당을 처리하기 위해 움직이는 무리들도 있었다.

그리고 혁련휘 또한 비설과 함께 어딘가를 향해 다급히 걸음을 옮기고 있었다.

두 사람이 도착한 곳은 다름 아닌 마교의 한 의방이었다. 환자들로 득실거리는 의방의 한쪽에 따로 마련된 자리, 그곳에 자리하고 있는 건 다름 아닌 환야였다.

침상에 누워 있는 환야는 이번 싸움이 얼마나 격렬했는지를 몸소 보여 주기라도 하려는 듯이 커다란 부상을 입은 상태였다.

그가 들어온 혁련휘와 비설을 향해 반갑게 손을 들어 올렸다.

"엇! 대장…… 아야야."

손을 들어 올리던 환야가 이내 옆구리를 부여잡고 비명을 토해 냈다.

고통스러운 표정을 지어 보인 환야였지만 그는 이내 밝은 표정으로 말했다.

"들었습니다, 대장. 신도율 그놈한테 멋지게 한 방 먹이셨다면서요? 아오, 아쉽네. 그 자리에 제가 있었어야 했는데 말이죠."

신이 난 듯 떠들어 대는 환야를 바라보는 혁련휘의 시선은 복잡했다.

아픈 몸으로도 웃고 떠들어 대는 모습이 오히려 슬픔을 감추기 위함임을 너무도 잘 알아서다.

이미 이곳으로 오는 도중 유영인에 대한 일을 전해 들었다.

겉으로는 웃고 있지만 환야의 속내가 어떨지 누구보다 잘 알고 있는 혁련휘였다.

억장이 무너질 것이다.

너무도 슬펐기에 오히려 이렇게 밝은 척하며 스스로 그런 기색을 감추려 하는 것뿐.

그 사실을 눈치챘지만 혁련휘는 내색하지 않았다.

환야가 그러길 바란다는 걸 너무도 잘 알았으니까.

혁련휘가 물었다.

"몸은 괜찮아?"

"아뇨. 안 괜찮습니다. 아파 죽을 지경이라고요."

"엄살은."

"엄살이라뇨. 제가 입만 멀쩡하지 나머지 몸 상태는 엄청 안 좋답니다."

"그래도 다행이네. 입이라도 멀쩡해 보여서."

혁련휘의 그 말에 환야가 픽 웃음을 흘렸다.

그런 환야를 지그시 바라보던 혁련휘가 이내 손을 뻗어 그의 어깨에 올렸다.

비설을 통해 조금만 더 심하게 다쳤다면 죽었을 거라는 말을 전해 듣고 얼마나 놀랐던가. 그랬기에 이토록 활발하게 떠들어 대는 환야를 보고 있노라니 마음이 놓였다.

혁련휘가 어깨에 손을 올린 채로 짧게 말했다.

"고맙다. 살아 줘서."

"……."

혁련휘의 그 한마디에 환야는 일순 말문이 막힌 듯 침묵했다.

그저 묵묵히 고개를 끄덕이는 것만으로 혁련휘의 말에 대답할 뿐이었다.

그때 의방으로 또 다른 누군가가 다급히 걸어 들어오고 있었다. 모습을 드러낸 이들은 곧바로 환야가 있는 곳으로 다가왔다.

막 안으로 들어선 건 다름 아닌 달치와 부의민이었다. 침상에 누워 있는 환야를 본 부의민이 뭔가 말을 내뱉으려다 이내 그곳에 함께하고 있는 혁련휘를 발견하고는 반갑게 소리쳤다.

"교주님!"

"이 녀석 때문에 온 건가?"

"예, 달치한테 환야가 크게 다쳤다는 소식을 듣고 놀라서 찾아오는 길이었습니다."

대답하는 부의민을 뒤로한 채로 혁련휘의 시선이 이내 달치에게로 향했다.

부의민은 상대적으로 멀쩡한 반면 달치는 환야와 함께 큰 위기에 처했었던 탓인지 부상이 제법 있었다. 환야보다 훨씬 낫긴 했지만 그래도 서둘러 치료가 필요한 상황.

혁련휘는 바깥쪽에 분주히 움직이고 있는 의원들을 향해 말했다.

"이쪽도 좀 부탁하지."

혁련휘의 부름에 의원들 중 한 명이 황급히 다가왔고, 달치는 환야의 옆에 위치해 있는 빈 침상에 곧바로 누워 치료를 받기 시작했다.

달치가 침상에 눕자 비설이 물었다.

"달치 아저씨. 가셨던 일은 어떻게 됐어요?"

우치를 잡겠다고 쫓았던 달치다. 그런 그를 만나니 우치가 어찌 됐는지 궁금했던 모양이다. 비설의 질문에 침상에 누워 있던 달치가 자신의 가슴을 주먹으로 쿵쿵 치더니 씩 웃었다.

"달치가 이겼다. 우치 달치한테 죽었다."

애초에 뒤를 잡혔을 때부터 우치의 운명은 정해진 것이나 다름없었다.

도망칠 곳이 없어 붙긴 했지만 결국 우치는 달치에 의해 전신의 뼈가 박살이 나 버렸을 정도로 흉한 몰골로 숨을 거두고야 만 것이다.

기분 좋다는 듯 가슴을 치는 달치를 보며 기겁한 의원이 말렸다.

"다, 다치신 곳을 그리 치시면……."

옆에 누워 있던 환야가 놀라는 의원을 향해 장난스럽게 말했다.

"멍청이라 아픈 것도 모르니 걱정 마시죠."

"환야 달치한테 멍청이라 했다. 상처 낫는 대로 달치가 환야 혼내 준다."

"자식이 우치 하나 이겼다고 기고만장이네. 그래 인마. 다 낫고 한번 시원하게 붙어 보자."

말을 내뱉은 환야가 옆에 있는 침상에 자리하고 있는 달치의 어깨를 가볍게 주먹으로 툭툭 쳤다.

그러자 달치가 시선을 돌려 환야를 바라보다 이내 히죽 웃었다.

그런 달치를 향해 환야 또한 웃음을 참기 힘들었는지 피식 웃으며 중얼거렸다.

"실없이 웃긴. 야, 웃지 마. 나중에 단단히 혼내 줘야 하는데 괜히 마음 약해지니까."

장난스러운 대화를 이어 가는 둘을 바라만 보고 있던 혁련휘에게 부의민이 조심스레 다가갔다. 그러고는 이내 혁련휘에게 말했다.

"교주님, 직접 가 보셔야 할 곳이 한 군데 남았습니다."

"……어디지?"

"혈뢰주가입니다."

칠대천의 하나이자 신도율이 마교를 장악하는 데 가장 큰 힘을 실어 준 이들. 물론 그 뒤에는 신도율에게 정신을 장악당한 주자악이 있었다.

혈뢰주가라는 말에 잠시 서 있던 혁련휘가 이내 고개를 끄덕였다.

혁련휘는 곧바로 비설과 부의민을 대동한 채로 움직였다.

부상이 심한 환야와 달치를 제외한 채로 그들이 향하고 있는 곳은 혈뢰주가였다.

이미 혈뢰주가 자체도 혁련휘의 병력에 완전히 장악당한 상황.

특히나 혈뢰주가 자체가 신도율과 밀접한 관계가 있었기에 수뇌부 대부분이 끌려가 따로 격리되어져 있었다.

입구 부분에 이르자 경계를 서고 있던 무인들이 혁련휘를 알아보고 황급히 예를 갖췄다.

"교주님을 뵙습니다."

십여 명의 무인들의 입에서 터져 나온 외침에 혁련휘는 가볍게 손을 들어 그들의 인사를 받았다. 그러고는 이내 비설, 부의민과 함께 혈뢰주가 안으로 성큼 들어섰다.

안으로 들어선 혁련휘는 곧바로 가까이에 보이는 무인 하나에게 손짓했다.

혁련휘의 부름에 다급히 다가온 무인이 공손히 고개를 조아렸다.

그런 그를 향해 혁련휘가 물었다.

"혈뢰주가 가주의 거처가 어딘지 알고 있나?"

"알고 있습니다."

"안내 좀 부탁하지."

"무, 물론입니다!"

사내는 크게 고개를 끄덕이고는 앞장서서 걸어 나가기 시작했다. 그리고 그런 사내의 뒤편을 세 사람은 조용히 뒤따랐다.

혈뢰주가의 대로를 가로질러 걷던 그들은 이내 중앙 부분에 위치한 어딘가에 도착했다.

선두에서 혁련휘 일행을 안내하던 사내가 옆으로 비켜선 채로 말했다.

"이리로 들어가시면 바로 가주의 거처입니다."

"고맙군."

"아, 아닙니다. 교주님을 모셔서 영광이었습니다."

말을 마친 무인은 포권을 취해 보이고는 이내 왔던 길을 거슬러 돌아갔다.

사라져 가는 무인을 뒤로한 채로 세 사람은 곧장 주자악이 머무는 거처로 들어섰다.

가주의 거처 또한 이미 혁련휘 측의 무인들에게 완벽히 장악당해, 곳곳에 병력들이 배치되어 있었다.

그렇게 가장 안채로 나아가던 혁련휘 일행은 이내 목적지에 도달할 수 있었다.

부의민이 앞으로 다가가 조심스럽게 문을 열었다.

탁.

닫혔던 문이 열리며 이내 방 안의 모습이 눈에 들어왔다.

수많은 화려한 물건들이 장식 되어져 있는 방 내부는 화려했다.

그렇지만…… 그런 화려한 것보다 더욱 시선을 끄는 건 침상에 누워 있는 한 명의 사내였다.

침상에 누워 있는 상대를 확인하는 순간 세 사람의 표정이 슬며시 굳었다. 셋 모두 환영학관부터 주자악과 연이 있었던 이들이다.

그랬기에 이들은 주자악에 대해 잘 알았다.

헌데 침상에 누워 있는 건 자신들이 알고 있던 그 주자악이 아니었다.

비록 언제나 혁련휘에게 적대적이긴 했지만 나름 총명했고, 뛰어난 재능을 지녔던 사내다. 환영학관에서도 천단을 이끌며 위세를 뽐어내던 그가…….

지금은 침상 한편에서 빼빼 마른 목내이(木乃伊: 미라)가 되어 자리하고 있었다.

화려한 침상, 그리고 그런 화려함과는 대조적인 볼품없이 말라비틀어져 버린 주자악의 모습은 실로 모순적인 느낌을 풍겼다.

혁련휘가 그런 주자악을 바라보다 물었다.

"상태가 왜 이렇지?"

"얼마 전부터 점점 안 좋아지더니 최근 들어 급속도로 이리되었다고 합니다. 정신도 오락가락하고 마치 영혼이 없는 사람처럼 굴었다더군요."

"……신도율에게 당한 건가?"

"아마도 그런 것 같습니다."

정확한 거야 신도율과 주자악 둘만이 아는 비밀이니 알 수 없었지만, 얼추 돌아가던 상황을 보면 어느 정도 예상은 가능했다.

그때 침상에 누워 있던 주자악의 입이 조금씩 들썩였다.

"……교주님이십니까?"

들려오는 주자악의 목소리 또한 외모와 마찬가지로 예전과는 많이 달라져 있었다.

쩍쩍 갈라진 듯한 목소리에서는 생기가 느껴지지 않는다.

마치 죽은 자의 목소리라 생각될 정도다.

힘겹게 내뱉은 주자악의 질문에 혁련휘가 대답했다.

"그래, 나다."

"크큭. 교주님을 이리 누워서 맞는 것을 용서하시지요. 보시다시피 몸 상태가 최악이라 말입니다."

억지로 웃는 주자악의 입은 부들부들 떨렸다.

당장이라도 몸이 바스러질 것만 같이 말라비틀어진 상태.

그럼에도 불구하고 주자악은 힘겹게 말을 이었다.

"……왜 이렇게 된 걸까요? 전 그저 아버지에게 인정받고 싶었을 뿐이었는데……."

언제나 형만을 바라보던 아버지 주석인에게 자신이라는 아들 또한 있다는 걸 알리고 싶었다.

그런 욕심이 커지고 커져서 결국 이 상황까지 와 버렸다.

처음엔 알지 못했다.

아버지와 형의 죽음에 신도율이 개입했을 거라고는. 오히려 아버지와 형이 죽은 그런 상황에서 자신을 가주로 만들어 준 신도율에게 고마움마저 가졌다.

하지만 시간이 흐르면서 주자악은 조금씩 이상하다는 사실을 알았다.

모든 것이 신도율의 손아귀로 들어갔으니까.

그렇지만 안다고 해서 달라지는 건 없었다. 그걸 깨달았을 즈음에는 이미 주자악의 몸과 정신 모두가 신도율의 조종대로밖에 움직일 수 없는 꼭두각시 신세가 되어 있었으니까.

주자악 또한 그저 한 명의 욕심 많은 인간이었을 뿐이다.

허나 동정이 간다 해도 용서는 할 수 없었다.

그런 그의 욕심 때문에 많은 이들이 피를 흘렸으니까. 분에 넘치는 욕심을 부렸고, 그로 인해 생긴 모든 일에는 책임을 져야 한다.

물론 죽음을 목전에 둔 주자악에겐 그 죗값을 치를 시간이 얼마 남지 않은 듯 보였지만 말이다.

주자악은 당장이라도 넘어갈 것 같은 숨을 붙잡으며 힘겹게 물었다.

"혀, 혈뢰주가는 어찌 됩니까?"

"조사를 할 생각이다. 죄가 있는 자는 그에 따른 책임을 져야 할 것이고, 없다면 가벼운 징계 처분 정도 받겠지."

"염치없는 건 잘 알지만 교주님께 선처를 부탁드립니다. 제 아버지가 힘들게 일구어 내신 혈뢰주가를…… 박살 내지만 말아 주십시오."

말을 내뱉는 주자악의 눈가에서 주르륵 눈물이 흘러내렸다.

바보처럼 이용당한 걸로도 모자라 혈뢰주가마저 사라지게 만든다면 죽어서 어찌 아버지와 형님을 뵙겠는가.

그런 주자악의 청에 혁련휘가 대답했다.

"악연은 잊고 공정하게 처리하지. 내가 약속해 줄 수 있는 건 이게 최선이다."

혁련휘의 대답에 주자악은 힘겹게 고개를 끄덕였다.

그도 알고 있었다.

이보다 더한 부탁은 자신의 욕심이라고.

마지막 마음의 짐이었던 혈뢰주가에 대한 걱정을 덜자 주자악은 점점 더 정신이 혼미해지기 시작했다.

삶의 마지막이 다가옴을 느끼자 주자악은 문득 자신의 인생에서 가장 즐거웠던 때들이 떠올랐다. 그리고 그 시기는 다름 아닌 유치한 장난질이나 해 대던 환영학관 시절이었다.

환영학관에서 왕 노릇을 하며 떵떵거리던 그때.

그때가 오히려 행복했다는 사실을 너무도 늦게 알아 버렸다.

문득 그런 생각이 들었다.

만약 환영학관을 떠나지 않았다면 지금쯤 어땠을까?

미래야 아무도 모르는 일이니 확언할 수는 없겠지만 이거 하나만은 분명했다.

적어도…… 죽는 순간이 지금처럼 후회스럽지는 않았을 게다.

주자악이 힘겹게 입을 열었다.

"……돌아가고 싶다."

그 말을 끝으로 주자악의 고개가 서서히 옆으로 떨어졌

다.

주자악에게 다가가 손가락으로 숨을 확인한 부의민이 고개를 절레절레 저으며 대답했다.

"죽었습니다."

죽은 주자악을 바라보는 비설의 표정은 씁쓸했다.

어찌 됐든 간에 이렇게 누군가가 죽는 모습을 보는 건 그리 유쾌한 기분이 아니다.

하물며 이같이 이용만 당하다 죽게 되는 마지막이라니…….

혁련휘가 침상 위에서 숨을 거둔 주자악을 바라보며 말했다.

"시신 수습하도록 해."

"그리하죠."

대답하는 부의민을 남겨 둔 채로 혁련휘는 비설과 함께 방에서 걸어 나왔다. 혁련휘의 시선이 하늘로 향했다.

많은 이들이 죽었고, 또 다쳤다.

그랬기에 생각한다.

다시는 이런 싸움이 있어서는 안 된다고.

평화는 그저 막연하게 지속되는 것이 아니다. 지킬 힘이 있을 때나 유지 가능한 것이 바로 평화다.

그러니…… 지킬 것이다.

힘겹게 되찾은 이 평화를. 그리고 마교에서 살아가는 수많은 이들의 삶까지도. 그것이 마교의 교주인 혁련휘가 해야 할 일이었으니까.

혁련휘는 자신의 옆에서 함께 하늘을 올려다보는 비설을 향해 시선을 돌렸다.

그러고는 이내 손가락으로 가볍게 그녀의 어깨를 툭툭 두드렸다. 고개를 돌린 비설이 동그랗게 눈을 뜬 채로 혁련휘를 바라보는 그때.

혁련휘가 그녀의 손을 슬며시 잡으며 말했다.

"가자고. 해야 할 일이…… 아직 많으니까."

그런 그의 말에 비설은 웃는 얼굴로 고개를 끄덕였다.

9장. 장례식

— 살아갈 것이다

임시로 만들어진 교주전에 모여 있는 이들의 표정은 각양각색이었다. 상기된 표정의 사람들이 있는 반면, 반대로 불안한 표정으로 연신 문 쪽을 힐끔거리는 이도 있다.

넓은 교주전에 모인 이백여 명에 달하는 인원들.

그 모두가 마교에서 힘깨나 쓴다 알려진 이들이다. 그런 이들이 싸움이 끝난 지 고작 사흘밖에 지나지 않은 지금 이토록 모인 것은 모두 한 사내의 소집령에 의해서다.

다시금 마교의 교주직에 복귀한 혁련휘의 명.

그리고 오늘이 그런 그가 돌아온 후 처음으로 만든 공식적인 자리였다.

신도율이 마교를 장악했을 때 여러모로 많은 일들이 있었다.

당연히 그를 앞장서서 도왔던 이도, 어쩔 수 없이 힘을 빌려줬던 이들도 있었지만…….

결과론적으로 혁련휘에게 좋게 보일 리 없는 건 당연지사. 커다란 처벌을 받게 될까 눈치를 보는 이들이 대전 내에 가득했다.

가시방석에 앉은 듯한 시간이 길어질 무렵 입구를 통해 부의민이 모습을 드러냈다. 그런 그의 옆에는 마혈적가의 가주 적인호가 함께했다.

두 사람이 들어서자 많은 이들이 짧게 예를 갖추며 인사를 전했다.

혁련휘와 함께 마교 수복을 도운 일등 공신들.

그렇게 그들은 대전 내에 마련된 자리로 걸어가기 시작했다.

칠대천들의 수장이 따로 자리하는 장소.

그런데 그곳으로 부의민 또한 걸어가고 있었다. 그러고는 칠대천들만이 오를 수 있는 장소에 가서 부의민이 아무렇지 않게 걸터앉았다. 허나 그 누구도 그런 부의민의 행동에 뭐라 말할 수 없었다.

현재 마교에서 가장 많은 병력의 무인을 이끄는 이가 바로 부의민이었으니까. 그의 휘하에 있는 군룡회 소속 무인이 수만에 달한다.

칠대천이라고 해도 상대할 수 없는 막대한 병력을 이끄는 인물. 그런 그에게 뭐라 할 수 있는 이는 아무도 없었다.

부의민이 이같이 행동하는 건 그의 독단이 아니었다. 이미 애초에 혁련휘에게 지시받은 것이 있었기에 이토록 칠대천의 자리에 자신 또한 자리한 것이다.

마교를 이끌었던 일곱 개의 세력 칠대천.

이제 마교를 이끄는 건 그들만이 아님을 은연중에 보여주려 하는 것이다. 더불어 지금 마교에서 가장 강한 권력이 어디로 향하고 있는지 또한 말해 주고 있었다.

부의민은 혁련휘의 측근.

그의 위세가 올라간다는 말은 곧 혁련휘 또한 그리된다는 것과 다름없었으니까.

부의민은 자리에 앉은 채로 슬쩍 주변을 둘러봤다.

칠대천의 수장들이 모인 자리라고는 하지만 예전과는 구색이 많이 달라진 게 사실이다.

예전엔 혁련휘와 칠대천의 대부분이 적대하는 상황이었다면 이제는 오히려 반대였다.

칠대천 중 이미 절반 이상이 혁련휘의 사람이라 봐도 무방했다.

마혈적가와 흑랑방이야 예전 대공자 시절 때부터 혁련휘를 따랐고, 이번 내성 돌파를 계기로 신검백가가 아래로 들어왔다.

그리고 신검백가의 가주 백천기는 자신과 모종의 관계를 이어 가고 있던 천룡신방을 설득했다. 그 때문에 순식간에 일곱 개 중 네 개가 혁련휘의 휘하로 완벽하게 흡수된 것이다.

어디 그뿐이랴.

나머지 세 개라고 해 봤자 개중 두 개는 발언권이 없는 것이나 다름없었다.

오래전 혁련휘에 의해 천위극을 잃고 위세가 꺾인 묵룡천가와 이번 신도율의 반역에 가장 앞장섰던 혈뢰주가.

두 개의 세력은 혁련휘 앞에서 뭐라 말할 처지가 아니었다.

그렇다면 남는 건 백화방뿐인데…….

백화방 방주 하약란은 어리석은 여인이 아니다.

되지도 않는 싸움에 목숨을 걸 이유가 없었다.

게다가 애초부터 그녀는 앞에서 주도하는 부류가 아닌 뒤에서 따르던 이다. 지금 같을 때 앞장서서 혁련휘에게 이를 드러낼 상황도, 위인도 아니었다.

그저 조용히 따를 것이 자명했다.

상황이 이리되었으니 칠대천 모두가 혁련휘에게 굴복했다 봐도 무방한 상황.

마교를 장악하려던 신도율과의 싸움에서 승리한 것이, 그동안 자신의 반대편에 섰던 모든 세력들마저 굴복시키는 결정적인 계기가 된 것이다.

혁련휘의 말이 곧 법이나 다름없는 지금, 그가 내릴 처벌에 대해 두려워하며 전전긍긍할 수밖에 없는 건 당연했다.

그렇게 긴장되는 시간이 흘러가던 도중 마침내 이 자리의 주인공이 모습을 드러냈다.

입구에 서서 대기하고 있던 무사가 급히 소리쳤다.

"교주님 오십니다!"

자리에 앉아 있던 이백이 넘는 무인들이 모두 그 외침과 함께 자리에서 일어났다.

그들의 시선이 향하는 곳.

교주전의 입구로 한 사내가 걸어 들어오고 있었다.

마교의 교주, 혁련휘였다.

그가 새카만 옷을 휘어 감은 채 교주전 안으로 성큼 들어섰다.

교주전에 자리한 무인들이 하나씩 무릎을 꿇으며 안으로 들어서는 그를 향해 예를 갖췄다.

그들의 입에서 하나의 큰 외침이 터져 나왔다.

"교주님을 뵙습니다!"

신도율과 혈전을 치른 지 얼마 되지 않아 당시에 입은 상처가 가득했지만, 걸음을 옮기는 혁련휘의 움직임에선 한 치의 흐트러짐조차 느껴지지 않았다. 그는 옆에서 들려오는 목소리에도 아랑곳하지 않은 채 앞만 보며 걸었다.

들어서는 혁련휘의 뒤편으로 비설과 환야, 달치 세 사람이 줄지어 모습을 드러냈다.

함께 모습을 드러냈던 비설은 이내 부의민의 옆에 오자 걸음을 멈추고 비어 있는 자리로 가서 섰다.

오늘의 그녀는 그저 혁련휘의 여인이자, 마후로 이 자리에 선 것이 아니다.

북천회에 속한 무인으로 혁련휘가 정파에게 내건 약조와 관련된 것들을 정리하기 위해 이곳에 자리한 것이다.

마교 수복에 결정적 도움을 준 북천회와의 약조를 혁련휘가 잊을 리가 없었다.

오늘 회의에서 오고 갈 수많은 안건들.

그중에는 그들과의 이야기도 있었다.

가장 높은 상석으로 이어져 있는 계단에 이르는 순간 환야와 달치는 그곳에 양쪽으로 나누어 섰다.

두 사람을 뒤로한 채로 상석에 도달한 혁련휘의 시선이 자신의 앞에 있는 교주의 의자로 향했다.

의자를 응시하던 그가 천천히 손을 뻗었다.

손에 닿는 의자의 감촉.

혁무조가 앉았었고, 아주 잠시지만 신도율에게 빼앗겼던 교주의 자리다. 그리고 그렇게 돌고 돌아 이 자리 앞에…… 다시 섰다.

이제 이 자리의 주인은 혁련휘, 바로 자신이다.

의자로 향했던 시선을 돌리며 혁련휘는 곧바로 그곳에 자신의 몸을 실었다.

자리에 앉은 혁련휘의 시선이 아래쪽에서 무릎을 꿇은 채로 자신을 올려다보는 수많은 무인들에게로 향했다.

지금의 마교를 이끄는 이들 대부분이 모인 자리.

그런 그들의 시선이 자신에게 쏟아지고 있었다.

그런데 혁련휘는 그런 그들의 눈빛과 마주하는 순간 낯설다는 생각이 들었다.

물론 이런 자리가 처음은 아니다.

허나…… 달랐다.

마교의 대공자로 상석에 섰을 때와도, 심지어 교주가 되어 그들 앞에 자리했던 그 어떤 순간과도 다른 눈빛이 느껴진다.

그것은 두려움이었고, 경외였으며 또한 존경이었다.

혁련휘는 알 수 있었다.

이제야 진정한 이들의 교주가 되었다는 사실을.

일곱 개의 하늘이라 불리며, 마교의 실세였던 칠대천.

그리고 그 외에 그들을 따르던 수많은 이들까지.

그들이 혁련휘에게 무릎을 꿇고, 진심으로 혁련휘를 교주로 인정하고 있는 것이다.

칠대천 중 이미 절반 이상을 휘하에 넣은 것도 그렇지만 마교에서 쫓겨나고 좋지 못한 상황에서 다시금 자신의 자리를 되찾은 혁련휘다.

그런 그의 능력을 어느 누가 의심할 수 있겠는가.

마치 전성기 때의 혁무조에게 충성했듯이 이들은 다시금 혁련휘라는 사내를 자신들의 수장으로 인정할 수밖에 없었다.

변해 버린 눈빛을 체감하던 혁련휘의 시선이 이내 무리에 섞여 있는 한 여인에게로 향했다.

여인의 복장을 하고 자리하고 있던 그녀는 혁련휘와 시선이 마주하자 살며시 미소를 머금은 채로 고개를 끄덕였다.

비설과 짧게 눈빛을 주고받던 혁련휘가 이내 무뚝뚝한 얼굴로 고개를 돌리며 입을 열었다.

"회의를 시작하지."

*　　*　　*

장례식이 거행됐다.

만 명이 훌쩍 넘는 대인원이 움직이는 이번 장례식은 다름 아닌 혁무조의 마지막을 위해 준비된 자리였다. 정확히 말하자면 장례식이라기보다는 바깥에 따로 모셨던 그의 시신을 이곳 마교 인근의 묫자리로 옮기는 이장이라 봐야 했지만 말이다.

죽은 지 꽤나 오랜 시간이 지난 지금.

외지에 있던 혁무조의 시신이 이제야 마교로 돌아온 것이다.

최대한 성대하게 마지막을 장식해 주고 싶었던 혁련휘의 마음 때문인지 엄청난 인원의 추모 행렬이 꼬리에 꼬리를 물었다.

그리고 그의 무덤은 혁리원의 시신이 안치된 곳 인근에 자리하게 되었다.

풍수적으로도 좋은 장소이기도 했고, 혁리원을 지키지 못했다는 사실에 많이 마음 아파했던 혁무조를 위한 나름의 배려이기도 했다.

비록 죽은 후지만…… 소중했던 두 사람이 가까운 곳에서 함께했으면 하는 혁련휘의 바람이었다.

상복을 입은 만 명에 달하는 대규모의 인원들은 마지막으로 떠나는 혁무조를 향해 예를 갖췄다. 피어오르는 향, 그리고 개중에 혁무조와 오랜 시간을 같이 했던 노고수들 중 일부는 연신 눈물을 훔쳐 내느라 바빴다.

한 시대를 풍미했던 절대고수.

그리고 마도천하의 시대를 열었던 마교의 영웅이 떠나는 마지막 길을 그들은 각자의 방법으로 배웅하고 있었다.

꽤나 긴 장례식의 모든 절차가 끝나고, 마교를 나와 이곳까지 함께했던 많은 이들이 돌아가기 시작했다.

부산했던 묘지 인근이 순식간에 한적해질 무렵.

그곳에 아직까지 남아 있는 몇몇 이들이 있었다.

무덤의 바로 앞에 혁련휘는 홀로 자리하고 있었고, 그런 그에게서 대략 이십여 장 정도 떨어진 거리에 비설과 환야, 달치, 부의민이 대기하는 중이었다.

홀로 선 혁련휘는 그저 지그시 무덤을 응시하고 있었다.

모두가 떠난 지금까지 이곳에 남아 있는 이유는 하고 싶은 말이 남아서였다.

혁련휘가 미리 지니고 있던 술병의 뚜껑을 열고 이내 안에 담긴 술을 무덤 인근에 천천히 뿌리기 시작했다.

허공으로 몇 번이고 술을 뿌리던 혁련휘가 이내 남은 것들을 바닥에 내려놓았다.

생각해 보면 단 한 번도 혁무조와 술 한 잔 기울인 적이 없었다.

그가 아프기도 했지만, 사실 그런 것보다는 사이가 좋지 못해서인 이유가 컸다.

물론 이제는 어느 정도 이해한다.

혁무조가 왜 그런 선택을 해야 했고, 또 사실은 그 모든 것들이 자신을 지키기 위한 그의 계획이었다는 것도.

허나…… 반대로 원망도 든다.

차라리 조금이라도 말을 해 줬더라면, 만약 그랬더라면 둘 사이엔 지금보다 더 많은 추억들이 있지 않았을까?

물론 혁무조에겐 나름의 사정이 있었지만 말이다.

죽으면서까지 자신을 지켰던 혁무조의 마지막 모습이 떠오르자 혁련휘는 괜스레 입술을 깨물었다.

인간은 모두 후회를 하며 살아간다.

그리고 그건 혁련휘 또한 다르지 않았다.

후회하고, 또 후회하고…….

하지만 그 후회를 딛고 다시금 걸어가는 것 또한 인간이다.

무덤을 바라보던 혁련휘가 천천히 입을 열었다.

"당신은 정말 괴팍한 사람이오."

항상 여유 만만했던 표정. 그렇지만 그 뒤편에서 혁무조가 감내했어야 할 고통과 번민들이 마음에 와 닿는다.

그럼에도 불구하고 언제나 흔들리지 않았던 사내.

술병을 쥐고 있던 혁련휘가 말을 이었다.

"그리고…… 대단한 사람이지."

가는 그 마당까지 웃음을 잃지 않았던 혁무조의 얼굴이 떠오른다.

혁련휘가 바닥에 두었던 술병을 들어 올려 남은 술들을 자신의 입안으로 털어 넣었다.

처음으로 나누는 부자지간의 술 한 잔.

고작 한 잔을 마셔서 취한 것도 아닐 터인데 이상하게도 혁련휘의 눈가에는 죽은 혁무조의 모습이 아른거렸다.

그가 웃으며 자신을 바라보고 있었다.

혁련휘는 그런 혁무조를 향해 나지막이 말했다.

"시키신 대로 마교를 수복했소. 그리고 마교도 잘 이끌 것이오. 그러니 걱정하지 마시오…… 아버지."

죽는 그 순간까지도 혁련휘와 마교를 걱정했던 혁무조다. 그런 그를 위해 혁련휘는 말하고 있는 것이다.

마교를 자신이 지키겠다고.

그러니…… 이젠 걱정 말고 편히 쉬라고.

혁련휘의 말에 환영처럼 눈가에 아른거리던 혁무조가 픽 웃더니 잘했다는 듯 고개를 끄덕였다. 그러고는 이내 천천히 몸을 돌린 그가 이내 너른 등을 보이며 점점 사라져만 갔다.

그런 혁무조와 마주하던 혁련휘 또한 천천히 몸을 돌렸다.

어느샌가 일행들에게서부터 떨어진 비설이 이쪽으로 다

가오고 있었다. 그리고 그녀를 향해 혁련휘 또한 한 걸음씩 움직였다.

서로를 향해 다가가며 점점 거리가 좁혀져 가던 두 사람. 그리고 이윽고 둘이 마주 서게 되었을 때 비설이 천천히 혁련휘의 품으로 들어왔다.

그녀는 혁련휘를 꼭 끌어안은 채로 속삭였다.

"형님, 몇 년 동안 정말 고생하셨습니다."

비설의 그 한마디에 혁련휘가 지그시 눈을 감았다. 정말 많은 일이 있었던 시간들이다.

그리고 그 모든 시간을 거쳐 마침내 이곳까지 도달했다.

많은 걸 잃었고, 또 반대로 많은 걸 얻었다.

자신의 품에 안긴 비설의 머리를 가만히 쓰다듬던 혁련휘가 천천히 눈을 떴다.

그의 시선에 멀리에서 자신을 바라보고 있는 다른 이들의 모습이 들어왔다.

환야와 달치, 부의민.

그들이 웃는 얼굴로 자신과 비설을 바라보고 있었다.

몇 년 동안 고생했다는 비설의 말과, 자신을 바라보며 웃고 있는 동료들까지 보자 혁련휘의 마음은 이상할 정도로 푸근해졌다.

지금의 이 낯선 감정이 무엇인지 이제는 자신 있게 말할 수 있었다.

행복, 바로 그것이리라.

혁련휘는 품 안에 있는 비설의 체취와, 멀리에 있는 다른 이들을 말없이 바라만 보았다.

어렵게 손에 넣은 이 행복이라는 것을 혁련휘는 결코 놓치지 않을 것이다.

'……살아갈 것이다. 이들과 함께.'

그것이 자신이 진정으로 원하는 것임을 알기에.

그때 환야가 손을 흔들어 대며 외쳤다.

"애정 행각 좀 그만하시고 어서 오시죠!"

그의 외침에 비설이 쑥스러운 듯 혁련휘에게서 떨어져 뒷머리를 긁적거리며 웃었다.

그 순간 비설을 바라보던 혁련휘의 눈가가 슬며시 움직였다.

슬쩍 혁련휘에게로 시선을 돌리던 비설의 눈이 놀란 듯 치켜떠졌다.

"혀, 형님. 지금……."

그녀가 놀라는 건 당연했다.

언제나 무표정했던 혁련휘의 얼굴에 처음으로 미소가 걸려 있었으니까.

그가 환하게 웃고 있었다.

10장. 그녀

— 그거면 됐다

시간은 흘렀다.

어느덧 가을이 가고 겨울이 왔으며, 또 그 추운 겨울이 조금씩 모습을 감췄다.

그렇게 해서 다시금 따뜻한 봄이 찾아오고, 어느 정도 시간이 흘렀을 무렵 마교는 커다란 행사를 앞두고 무척이나 시끄러웠다.

교주 혁련휘의 혼인, 바로 그것이었다.

이번 혁련휘의 혼인은 특별할 수밖에 없었다.

혁련휘라는 사내 자체가 워낙 커다란 화젯거리를 몰고 다닐 정도의 인물이기도 했지만, 그런 그와 혼인을 하기로

한 상대가 다름 아닌 정파의 여인인 비설이었으니까.

아무래도 내부에서 수군거리는 말이 나오긴 했지만 그렇다고 해서 그것이 큰 문제로 부각되지는 않았다.

마교에서 쫓겨나기 전부터 이미 어느 정도 이야기되었던 일이기도 했고, 또 비설 자체가 말도 안 되는 활약을 펼치며 혁련휘를 도왔던 무인이라는 것도 알기 때문이다.

마교 수복의 일등 공신인 여인.

그리고 몇 번이고 교주인 혁련휘의 목숨을 구해 낸 인물이다. 거기다 지금 마교의 모든 권력을 쥐고 있는 혁련휘의 의지는 곧 이곳의 법이나 다름없었다.

그렇다 보니 마교의 그 누구도 혁련휘가 정한 일에 대해 왈가왈부하지 못했다.

그렇게 몇 달 전부터 준비해 왔던 혁련휘와 비설의 혼례식이 마침내 오늘로 다가왔다.

커다란 욕조만이 가득한 공간.

방 안은 물에서 솟아나는 수증기로 가득했다.

그때 욕조 안에서 갑자기 누군가의 얼굴이 불쑥 튀어나왔다.

"푸아."

머리까지 물속에 푹 담그고 있던 비설이 바깥으로 고개를 치켜든 것이다.

뜨거운 물 때문일까?

아니면 오늘이 그토록 기다려 왔던 혼례식이라서일까?

긴 머리카락을 축축이 적신 채로 고개를 내민 비설의 얼굴은 살짝 붉게 달아올라져 있었다. 긴 시간 몸을 닦으며 준비를 시작한 그녀가 이내 물속에서 몸을 일으켜 세웠다.

비설은 옆에 걸어 두었던 가벼운 하얀 옷을 걸친 채로 방 바깥으로 걸어 나왔다.

욕조가 있던 방과 이어져 있는 공간으로 걸어 나온 그녀는 이내 옆에 있는 다른 겉옷을 위에 걸쳤다.

원래대로라면 몇 명이나 되는 시녀들이 비설의 치장을 도와야 했지만 지금 그들은 바깥에서 대기 중이었다.

치장을 하기 전에 만나기로 약조를 한 사람이 있었기 때문이다.

준비된 의자에 앉아 기다리던 도중 이내 기다렸던 그 누군가가 방 바깥에 모습을 드러냈다.

밖에서 대기하고 있던 시녀 한 명이 안쪽에다 손님이 당도했음을 알렸다.

"말씀하신 손님이 오셨습니다."

바깥에서 들려온 목소리를 들은 비설이 서둘러 옷매무새를 다시금 확인하고는 이내 대답했다.

"네, 들어오시라고 해 주세요."

대답이 떨어지자 굳게 닫혀 있던 문이 열렸다.

그리고 그 문을 통해 걸어 들어오는 한 명의 노인.

방 안에 모습을 드러낸 이는 비설의 스승인 도재하였다.

혁련휘의 마교 수복 계획을 북천회의 수장으로서 도왔고, 지금 다시금 뿌리를 내리기 시작한 정파를 이끄는 무림맹의 맹주가 된 그다.

그런 그가 이곳 마교 한복판에 모습을 드러낸 것이다.

비설이 자리에서 벌떡 일어나 도재하를 반겼다.

"사부!"

다가와 와락 안기는 비설의 행동에 도재하는 움찔했다가 이내 너털웃음을 터트렸다.

"곧 혼인할 다 큰 녀석이 이리도 어리광이 심해서 되겠느냐."

"못 오실 줄 알고 아쉬웠는데 이렇게 뵙게 되니 너무 좋아서 그렇죠 뭐."

비설이 웃으며 도재하에게서 떨어졌다.

피 한 방울 섞이지 않았지만 어린 그녀의 옆을 언제나 지켜 주던 도재하는 비설에겐 아버지와도 같았다.

그랬기에 다른 이들은 몰라도 도재하만큼은 이번 혼례식에 참석했으면 하는 바람이었다.

그렇지만 그건 생각보다 간단한 일이 아니었다.

비록 혁련휘와 비설 덕분에 지금의 마교와 정파의 사이가 썩 나쁘지 않다고는 하지만, 그래도 다른 이도 아닌 무림맹의 수장인 도재하가 직접 마교로 간다는 것 자체를 그리 좋게 보지 않을 이들은 분명 존재할 테니까.

오기 힘들지도 모른다 여겼거늘 열흘 전 갑자기 그에게서 혼례 날에 참석할 수 있다는 연락이 온 것이다.

갑작스럽게 찾아온 도재하를 향해 비설은 궁금하다는 듯 물었다.

“그런데 어떻게 오신 거예요?”

무림맹의 맹주로서 이토록 마교에 온다는 것 자체가 그리 쉬운 결단은 아니었을 테니까.

그런 그의 질문에 도재하가 답했다.

“초대를 받았다.”

“초대요?”

“교주께서 직접 사람을 보내 예를 갖추어 무림맹을 초대한 게지. 그것도 다른 누구도 아닌 군룡회의 회주를 보냈더구나. 덕분에 탐탁지 않아 하던 이들을 설득하는 게 쉬워졌지.”

“……형님이요?”

비설이 놀란 듯 눈을 크게 떴다.

얼마 전에 부의민이 오랜 시간 마교를 떠나 어딘가를 다녀온 적이 있었다.

당시엔 그냥 그러려니 했는데 혁련휘가 비설에게 말하지 않고 특별히 부의민을 직접 무림맹으로까지 보냈던 모양이다.

군룡회의 회주라면 마교에서 가장 많은 숫자의 병력을 움직이는 자다.

그런 위치에 있는 자가 직접 와서 교주의 초대를 전하였으니 무림맹의 입장에서도 굳이 거절할 이유가 없었다.

충분히 면을 세워 줬으니 이 초대에 응한다고 자신들이 굽히고 들어간다는 느낌은 들지 않았으니까.

비설은 알 수 있었다.

혁련휘가 어떠한 생각으로 그 같은 일을 벌였는지를. 비설 그녀의 혼례식에 어떻게든 도재하가 참석하게 하기 위해 이 같은 계획을 짰으리라.

비설은 그런 혁련휘의 조용한 배려에 괜스레 가슴이 뭉클해지는 걸 느꼈다.

그녀의 변해 가는 표정을 보며 대충 속내를 짐작하고 있던 도재하가 자리에 앉으며 괜스레 화제를 돌렸다.

"허허, 내 살다 살다 제자 녀석 덕분에 마교에 초대받는 날이 올 줄은 몰랐군그래. 이곳은 지낼 만은 하더냐?"

"에이, 마교에서 살아온 시간이 얼만데요. 이제 익숙해요."

비설이 웃는 얼굴로 대꾸했다.

정파의 무인이지만 이곳 마교에서 꽤나 오랜 시간을 보내 왔다.

남장을 하고 들어왔을 때부터 이렇게 혼례식이 있는 오늘까지.

산속에서 지내던 때와는 달리 이곳에는 비설과 함께해 주는 많은 이들이 있었다.

시끌벅적한 나날들.

그리고 언제나 말없이 옆을 지켜 주는 혁련휘까지.

비설은 그 모든 게 좋았다.

해맑게 웃고 있는 비설을 지그시 바라보던 도재하가 손을 뻗어 그녀의 머리를 쓰다듬었다.

"언제 이리도 컸을꼬."

처음 이 아이를 봤던 때가 생각난다.

허리춤 정도도 안 오던 그 쪼그맣던 아이가 어느새 장성해서 혼인을 앞두고 있다. 그녀를 친딸처럼 여겼던 도재하로서는 감회가 새로울 수밖에 없었다.

도재하는 이내 혁련휘가 떠올랐는지 불만스레 중얼거렸다.

"이제야 딸 시집보내는 아비 마음이 어떤 건지 알겠구나. 다른 영감들이 유난들 떠는 걸 보며 뭐 저리도 난리들인가 했는데…… 에잉, 망할 도둑놈 같으니라고."

혁련휘를 생각하며 도둑놈이라고 말하는 도재하의 모습에 비설은 다시금 작게 웃음을 터트렸다.

농담 반, 진심 반의 이야기를 토해 냈던 도재하가 이내 한쪽에 곱게 개어져 있는 한 벌의 옷을 확인했다. 그 옷을 본 도재하가 신기하다는 듯 말했다.

"허허, 저 옷을 아직도 지니고 있었던 게냐?"

도재하가 말하는 그 옷은 다름 아닌 남장을 하고 지내던 당시 즐겨 입던 옷이다.

비설 또한 도재하가 바라보는 쪽으로 시선을 돌리더니 이내 고개를 끄덕였다.

"그러게요. 남자 행세를 끝낸 지 시간이 좀 지났는데, 이상하게 버릴 수가 없더라고요."

대답을 하던 비설은 옛 생각이 나는지 자리에서 일어나 옷을 향해 다가갔다. 그리고는 개어져 있는 옷을 손가락으로 어루만졌다.

"……생각해 보면 처음엔 남장을 한다는 게 참 어색했어요."

남자 옷을 입는다는 게 무척이나 불편했던 때도 있었다. 그렇지만 남자의 모습으로 이 년에 가까운 시간을 보내 왔다.

중간중간 여인으로 돌아오기도 했지만 대부분은 사내의

행색을 한 채로 지내왔던 날들이다. 그 덕분에 이제는 남자 옷을 입는 것 또한 어색하지 않았다.

옷을 어루만지던 비설은 이상하게 아쉬웠다.

비설은 옷을 슬며시 펴 보며 말을 이었다.

"아마 평생 이 옷을 다시 입을 일은 없겠죠. 참 재밌네요. 처음엔 그렇게 입기 싫었는데, 이제는 못 입게 될 거라는 생각에 아쉬울 줄은 몰랐거든요."

단지 남장이 편해서는 아니다.

이 옷에 담긴 혁련휘와, 또 다른 이들과의 추억 때문이다. 남자의 옷을 입게 되면서 비설 또한 많은 일이 있었다.

그래도 하나 확실한 건 이 옷 덕분에 지금 자신이 이곳에 있게 됐다는 거다.

그랬기에 비설은 고마웠다.

이곳에 있는 모두와 함께할 수 있게 해 줘서.

비설이 나지막이 말했다.

"이런 말 하면 웃길지 모르겠는데요, 사부. 이 옷한테 좀 고마워요. 이 옷 덕분에 형님도, 그리고 또 다른 아저씨들도 만날 수 있었으니까요."

만두 가게 앞에서 있었던 혁련휘와의 첫 만남.

그때는 어찌 상상이나 했을까?

두 사람이 이런 관계가 될 거라고.

옷을 바라보며 옛 기억에 슬며시 미소 짓는 그녀를 조용히 응시하던 도재하가 천천히 입을 열었다.

"설아."

자신을 부르는 목소리에 비설이 고개를 돌려 그를 바라봤다. 도재하는 여태까지와는 달리 진지한 표정을 짓고 있었다.

그녀에게 이거 하나만은 묻고 싶었다.

도재하가 물었다.

"……지금 행복하느냐?"

갑작스러운 그의 질문에 잠시 놀란 표정을 지어 보였던 비설이었지만 이내 그녀는 힘주어 고개를 끄덕였다.

"네, 사부."

시원스럽게 터져 나오는 비설의 대답에 도재하의 얼굴에 다시금 미소가 걸렸다.

그래, 그거면 됐다.

* * *

둥둥둥!

커다란 북소리가 천지에 울렸고, 수많은 깃발들이 나부꼈다.

마련된 단상으로 가는 길 양쪽으로는 수만이 넘는 대규모의 무인들이 도열해 있었고, 또한 그 뒤로는 완연한 봄을 자랑이라도 하려는 듯이 푸르른 꽃잎들이 만개해 있었다.

온 천하가 초록빛으로 물든, 실로 아름다운 계절이 아닐 수 없었다.

모든 준비가 끝난 지금, 이곳에 모여 있는 이들은 오늘의 주인공이 될 신랑과 신부를 기다리고 있었다.

그리고 그런 이들 사이에 뒤섞여 있던 부의민이 양손을 비비며 초조한 듯 중얼거렸다.

"어휴, 내가 다 떨리네."

두 사람이 하나가 되었음을 선포할 단상 위는 이미 모든 준비가 되어 있는 상황이었다. 그럼에도 불구하고 부의민은 뭔가 모자란 것이 없는지 계속해서 꼼꼼하게 확인하고 있었다.

이번 혼례를 위해 가장 분주하게 움직인 건 부의민이었다.

환야도 나름 돕긴 했지만 부의민은 이번 혼례의 총책임자였다. 거기다가 무림맹까지 다녀와야 하는 빡빡한 일정까지 소화하다 보니 몸이 열 개라도 모자랄 지경이었다.

잘 꾸며진 장소를 물끄러미 바라보던 환야가 그를 쿡 찔렀다.

"죽는소리 엄청 해 대더니 그럴 만하네."

두 사람을 위한 것들뿐만이 아니라 곳곳에는 하객들을 위한 배려가 가득했다. 덕분에 많은 인원들이 자리하고 있음에도 불구하고 내부는 그리 번잡한 느낌이 들지 않았다.

오히려 잘 정돈되고, 혼례식에 집중할 수 있는 분위기가 풍겼다.

이 모든 것이 밤낮으로 고생한 부의민 덕분이었다.

환야의 칭찬에 부의민은 가볍게 어깨를 으쓱하며 대꾸했다.

"중요한 날이니까."

가장 소중한 이들이 부부의 연을 맺는 날, 아무리 힘들어도 최고의 자리를 만들어 주고 싶었던 부의민이다.

그랬기에 굳이 누가 뭐라고 하지 않아도 스스로 밤잠을 줄이면서까지 오늘의 이 자리를 만들었다.

"그나저나 저기 만드느라 고생 좀 했겠다?"

환야가 턱짓을 하며 가리키는 건 다름 아닌 길게 이어진 꽃이 만발해 있는 길목이었다.

그리고 그 길은 특별히 비설을 위해 만들어 둔 것이었다. 오로지 신부인 그녀만을 위한 길.

색색의 꽃들로 꾸며져 있는 그 길을 바라보며 부의민은 고개를 끄덕였다.

환야의 말대로 저곳을 만들고, 또 관리하느라 보통 힘든

게 아니었다. 그래도 이렇게 아름다운 꽃길을 보고 있자니 그간의 노력이 헛되지는 않았다는 생각이 든다.

환야와 부의민이 대화를 나누고 있는 그때 옆자리에 위치하고 있던 달치가 자신의 배를 어루만지며 중얼거렸다.

"달치 배고프다."

"좀만 참아. 혼례식은 보고 먹어야지."

부의민의 말에 달치는 고개를 끄덕였다.

달치 또한 오늘이 얼마나 의미 있는 날인지 잘 알고 있는 탓에 그리 긴 투정은 부리지 않았다.

모두가 오늘의 주인공을 기다리고 있는 그때.

둥둥둥둥!

북소리가 점점 커진다는 생각이 들 무렵, 마침내 혼례식장에 붉은 옷으로 치장한 한 사내가 모습을 드러냈다.

붉은 혼례복을 걸친 혁련휘였다.

펄럭.

붉은 옷이 바람에 휘날리며 사방으로 나부꼈다.

새빨간 옷에 드문드문 보다 진한 적색 계열로 무늬를 새겨놓은 의복은 무척이나 고급스러워 보였다. 그리고 그 옷을 입고 있는 혁련휘 또한 평소와는 다른 분위기를 풍겼다.

교주의 등장에 모두의 시선이 그쪽으로 향할 무렵 혁련휘가 단상으로 향하는 길을 따라 한 걸음씩 옮기기 시작했다.

교주의 혼례를 축하하기 위해 모인 수만의 무인들이 동시에 그를 향해 무릎을 꿇으며 예를 갖췄다.

수만이 넘는 마교의 무인들이 열을 맞춰 무릎을 꿇는 장면은 마치 파도가 일렁거리는 것 같은 환상을 불러일으켰다.

동시에 순차적으로 무릎을 꿇는 소리가 주변으로 울려 퍼졌다.

쿵쿵쿵!

예를 취하는 무인들 속에서 혁련휘는 혼례를 위해 준비된 자리까지 쭈욱 걸어갔다. 그리고 이내 그가 발걸음을 멈췄을 때였다.

웅장하게 울렸던 북소리가 잦아들며 부드러운 비파 소리가 울려오기 시작했다.

띠리리리— 띠리리링— 따랑!

연주를 하는 이들의 손을 타고 아름다운 음이 주변을 가득 채우기 시작할 무렵, 꽃길과 연결된 곳으로 붉은색의 가마 한 대가 이동하고 있었다.

황금색 사자의 장식이 달려 있는 붉은 가마가 이내 천천히 바닥에 내려졌을 때였다.

입구를 가리고 있던 붉은 천을 걷어 내며 한 여인의 발이 먼저 바닥에 내려섰다.

사라락.

동시에 가마 바깥으로 모습을 드러내는 여인은 혁련휘와 마찬가지로 붉은 혼례복을 입고 있었다. 붉은색과 황금색이 절묘하게 조합된 옷에, 얼굴을 가린 붉은 면사까지.

마치 선녀처럼 등장하는 비설의 모습에 많은 이들은 넋을 잃고 그녀를 바라만 볼 수밖에 없었다.

세상에서 가장 아름다운 여인.

얇은 면사 하나만으로 가리기엔 그녀의 아름다움이 너무도 압도적이었으니까.

가마에서 내린 그녀는 긴장이 되는지 크게 숨을 들이쉬었다가 내뱉었다.

대략 이십여 걸음 정도 떨어진 저 앞에 그토록 사랑하는 한 사내가 자신을 바라보고 있었다.

비설은 힘겹게 한 걸음을 내디뎠다.

그렇게 조금씩, 조금씩 혁련휘와의 거리가 좁혀지며 마침내 부의민이 신경 써서 만든 꽃길 안으로 몇 걸음 내디뎠을 때였다.

갑자기 다가오던 비설이 우뚝 멈춰 선 것이다.

그런 그녀의 모습에 모여 있던 수만의 무인들이 서로의 얼굴을 보며 당황하고 있을 때였다.

대략 십여 걸음 정도 남겨 둔 거리에서 비설이 혁련휘를 향해 다급히 속삭였다.

"혀, 형님. 어떻게 하죠? 저 긴장했나 봐요. 발이 안 움직여요."

면사 뒤편에 감춰진 비설은 울상이 된 얼굴로 혁련휘에게 말했다. 그런 그녀의 모습에 혁련휘는 난감한 표정을 지어 보였다.

수천의 무인들을 홀로 막아서던 그런 여인이 긴장해서 움직이지 못하는 모습이라니…….

그 순간 혁련휘가 당황하고 있는 비설을 향해 말했다.

"거기 있어. 내가 갈 테니까."

말을 마친 혁련휘는 성큼 비설이 서 있는 꽃길 안으로 들어섰다. 그리고는 굳어 있는 그녀의 코앞까지 순식간에 다가가서는 허리를 굽혔다.

"앗!"

자신을 번쩍 안아 드는 혁련휘의 행동에 비설이 놀라 소리를 내질렀다.

비명이 터져 나온 건 비단 비설뿐만이 아니었다.

혼례를 위해 모여 있던 수만의 무인들 중 일부의 입에서도 탄성이 터져 나온 것이다.

혁련휘가 비설을 안아 든 채로 꽃길을 걷는 모습을 보며 부의민이 투덜거렸다.

“어휴. 망했네, 망했어. 내가 저 꽃길을 만들려고 몇 날 며칠을 고생했는데 말이야.”

그렇지만 부의민은 비설을 양팔로 안아 올린 채로 꽃길을 걷고 있는 혁련휘를 바라보며 이내 피식 웃었다.

신부를 덥석 들어 올린 채로 시선을 맞추며 걸어가는 그 모습이, 흡사 그림에서나 나올 법한 아름다운 장면이 아니던가.

부의민이 팔짱을 끼며 나지막이 중얼거렸다.

“뭐 그래도 보기 좋으니 상관없으려나?”

모두가 경악하고 있는 그때 비설 또한 걱정이 됐는지 혁련휘에게 안긴 채 작은 목소리로 속삭였다.

“혀, 형님. 이러시면 안 되는 거 아니에요?”

“적어도 신부가 혼례를 하기 싫어서 중간에 도망가려 했다는 오해를 받는 것보다는 나을 것 같은데.”

“하, 하하하.”

비설이 어색하니 웃었다.

그렇게 혁련휘에게 안긴 채로 자신의 자리에 도착한 비설은, 그의 손을 잡고 조심스레 바닥에 내려섰다.

막 손을 놓으려던 비설의 눈에 혁련휘의 손가락에 끼워져 있는 쌍가락지가 눈에 들어왔다.

그녀가 놀란 듯 눈을 치켜떴다.

북천회의 일을 해결하기 위해 마교를 떠나려던 그때 자신이 혁련휘에게 선물해 줬던 그 쌍가락지였다.

"어? 그 가락지는……"

"아, 이거."

혁련휘가 슬며시 쌍가락지를 어루만지며 그 날의 일을 떠올렸다.

옆에서는 혼례를 주관하는 이가 뭔가를 떠들어 대고 있었지만 혁련휘나 비설은 그의 말에는 귀도 기울이지 않은 채 서로의 이야기를 나누고 있었다.

혁련휘가 작게 말했다.

"기억하느냐. 네가 이 쌍가락지를 내게 주며 했던 말을. 다른 여인과 혼인하지 말고 반년만 기다리라 그리 말했었지. 겨우 쌍가락지 하나 주고는 마교의 교주가 될 나에게 혼인을 해라 마라 하다니. 실로 당돌한 행동이었지."

스스로 생각해도 그때의 그 행동이 당돌했다 여겼는지 비설은 고개를 숙인 채로 쿡쿡 웃었다.

그런 그녀를 조용히 바라보던 혁련휘가 이내 말을 이었다.

"그리고 그때 또 말했었지. 사실은 이런 쌍가락지를 나한테서 받고 싶었다고."

말을 마친 혁련휘가 소매 안에 감춰 뒀던 뭔가를 슬그머니 끄집어냈다.

혁련휘가 꺼내어 든 건 구하기 힘든 귀한 옥으로 만들어진 쌍가락지였다.

비설조차 잊고 있을 정도로 스치듯 내뱉었던 그 말을 혁련휘는 아직까지 기억하고 있었던 것이다.

혁련휘가 앞에 있는 그녀의 손을 슬그머니 잡아 자신 쪽으로 잡아당겼다.

그리고는 쥐고 있던 쌍가락지를 비설의 손가락에 조심스레 끼워 넣었다.

비설이 자신의 손가락에 끼워진 쌍가락지를 놀란 눈으로 보고 있는 그때였다.

혁련휘가 성큼 그녀를 향해 다가갔다.

"천지신명의 뜻을 받아……"

갑작스러운 혁련휘의 움직임 때문에 혼례의 순서에 맞춰 무엇인가를 읊고 있던 노인이 움찔하며 입을 닫았다.

그리고는 누가 뭐라고 할 틈도 없이 혁련휘의 손이 얼굴을 가리고 있던 비설의 붉은 면사를 위로 들어 올렸다.

면사 뒤편에 가려져 있던 그녀의 아름다운 얼굴이 드러나는 바로 그때였다.

혁련휘가 비설의 등에 가볍게 손을 가져다 댄 채로 서서히 고개를 숙여 그녀의 입술에 입을 가져다 댔다.

갑작스러운 혁련휘의 행동에 노인은 어찌할지를 모르고 서 있을 때였다.

비설과 입술을 맞췄던 혁련휘가 서서히 고개를 떼고는 그녀의 눈동자를 지그시 응시했다.

혁련휘가 서서히 입을 열었다.

"백 년이고 천 년이고 내 옆에 있어. 이건…… 형님으로 하는 마지막 명령이다."

혁련휘의 그 말에 비설은 잠시 놀란 듯 눈을 치켜떴지만 이내 배시시 웃으며 고개를 끄덕였다.

"……네, 형님."

11장. 그들의 사정

— 달치가 가르쳐 준다

마교 외성 한 자락에 위치한 마성루의 꼭대기 층은 고요했다. 그리고 꼭대기에 위치한 방들 중 한 곳은 은은한 촛불 몇 개만이 밝히고 있을 뿐, 어둠만이 가득했다.

흔들리는 촛불만을 벗 삼아 조용히 술잔을 기울이고 있는 건 다름 아닌 환야였다.

그가 심각한 표정으로 혼자서 연거푸 술잔을 들이켰다.

앞에는 괜찮은 안주들이 즐비해 있었지만 환야는 마치 무슨 안 좋은 일이라도 있는 듯 구겨진 표정으로 술만 마셔댈 뿐이었다.

그렇게 반 시진 가까이를 홀로 시간을 보내던 환야의 귓가에 누군가의 발걸음 소리가 들리기 시작했다.

저벅, 저벅.

손님이라곤 환야밖에 없는 마성루의 꼭대기 층을 울리는 누군가의 발걸음.

환야의 시선이 슬그머니 바깥과 연결된 문 쪽으로 향하는 바로 그때였다.

굳게 닫혀 있던 방문이 열렸다.

덜컹!

큰 소리와 함께 열린 문으로 빛이 스며들어 왔다.

그리고 그곳에서 모습을 드러낸 건…….

"혼자서 청승맞게 웬 지랄이야?"

거친 욕설과 함께 모습을 보인 건 부의민이었다. 그런 부의민을 힐끔 올려다본 환야가 손짓했다.

"문 닫고 이리 와서 앉아."

환야의 부름에 부의민은 문을 닫고는 성큼 환야의 반대편으로 다가가 앉았다. 어두운 방 내부가 그리 마음에 안 드는지 주변을 둘러보던 그가 표정을 찡그린 채로 말했다.

"바쁜 사람 불러 놓고 뭐하는 거야?"

"됐고, 이거나 한 잔 받아."

환야가 술병을 들이밀자 부의민은 떨떠름한 표정으로 앞에 놓여 있는 술잔을 들어 올렸다.

술잔에 술을 채운 환야가 괴롭다는 듯 손으로 얼굴을 감싸 안았다.

"하아."

"왜 그래? 무슨 일 있어?"

뭔가 심상치 않은 분위기를 느껴서일까? 부의민이 누그러진 목소리로 걱정스레 물었다.

부의민의 물음에 환야는 자신의 앞에 있던 술을 단번에 입안에 털어 넣었다. 깊은 수심에 잠겨 있는 환야의 모습에 부의민 또한 초조한 눈빛으로 그를 응시했다.

마교가 평화로워진지 어느덧 삼 년이라는 시간이 흘렀다.

신도율 패거리와 싸우느라 모든 걸 바쳤던 그 시절 이후로 환야가 이토록 깊게 고민하는 표정은 처음 보는 것이었기에 덩달아 긴장되는 건 어쩔 수 없었다.

그때 침묵하고 있던 환야가 슬그머니 입을 열었다.

"달치한테 일이 생겼다."

"뭐? 아까 낮에 봤을 때만 해도 멀쩡하던데?"

"……."

"하, 말 안 할 거야? 무슨 일인데 그래?"

뜸을 들이는 환야의 행동에 목이 탔는지 부의민은 앞에 내려놨던 술잔을 들어 올려 입가에 가져다 댔다.

막 입가에 가져다 댄 술잔을 기울이려는 그 순간 환야의 말이 이어졌다.

"그놈한테…… 여자가 생겼다."

쨍그랑.

손에 쥐고 있던 잔을 떨어트린 부의민이 새하얗게 질린 얼굴로 입을 열었다.

"……뭐?"

* * *

"흥흥흥."

거울을 앞에 둔 채로 콧노래를 부르는 달치의 모습을 환야와 부의민이 멀찍이 숨어서 훔쳐보고 있었다. 한눈에 봐도 달치가 무척이나 들떠 있다는 사실을 알 수 있었다.

창밖에 숨어 방 안에 있는 달치를 훔쳐보던 둘이 조용히 이야기를 시작했다.

환야가 입을 열었다.

"어때? 딱 봐도 여자 만나러 나가는 거 같은데."

"콧노래까지 불러 대잖아. 저건 빼도 박도 못 하고 여자지."

고개를 끄덕이며 부의민 또한 동조했다.

마교에서 가장 바쁘다고 해도 과언이 아닐 두 사람, 그런 둘이 지금 비밀리에 숨어서 염탐을 하고 있는 건 바로 달치가 요즘 만난다는 여인이 궁금해서였다.

누가 본다면 뭐 그런 일에 시간을 쓰냐 할 수도 있었겠지만…….

그건 모르는 소리다.

두 사람은 심각했다.

아니, 그냥 심각한 수준이 아니라 아주 많이 심각했다.

환야나 부의민 자신들도 하지 않는 연애질을 지금 달치 그 자식이 하고 있다니 이게 말이나 될 성싶은 이야기인가!

그렇게 방 내부를 염탐하던 둘은 달치가 움직이자 곧바로 서둘러 그 뒤를 쫓았다.

죽립으로 얼굴을 가린 두 사람은 최대한 멀리에 선 채로 움직였다. 다행히도 금방 사람들이 많은 곳으로 들어선 덕분에 미행을 한다는 사실이 들통날 확률은 희박했다.

놓치지 않을 정도의 거리만을 유지한 채 따라 걸으면서도 두 사람의 입은 바삐 움직였다.

부의민이 간절한 염원을 담은 듯 첫 말을 꺼냈다.

"못생겼겠지?"

"멀쩡한 여자라면 저 무식한 녀석을 만날 생각도 안 할 테니 당연하지."

"젠장, 그렇겠지?"

"제발 그래야지."

둘도 하지 못하고 있는 연애를 하는 것만으로도 배가 아플 지경인데 예쁘기까지 하다면 절대 안 된다는 일념을 담아 두 사람은 제발 그런 일만은 벌어지지 않기를 간절히 기원했다.

그렇게 마교 외성으로 나간 달치가 이내 목적지에 도착했는지 손을 번쩍 들어 올리며 누군가를 향해 휘휘 휘저었다.

그런 달치의 모습을 보며 환야와 부의민 또한 다급히 주변을 살폈다.

대체 누가 저 달치 녀석과 만나는 여인인지 미치도록 궁금했다.

주변에 있는 수많은 여인들.

누가 달치의 상대인지 알 수 없었기에 주변을 두리번대던 중 부의민의 표정이 구겨졌다.

그가 비명에 가까운 소리를 토해 냈다.

"……맙소사."

"왜?"

물어 오는 환야를 향해 부의민이 손가락으로 한쪽 방향을 가리켰다. 그리고 그곳에는 마찬가지로 손을 들어 올린 채로 다가오는 한 명의 여인이 있었다.

뭐가 그리도 좋은지 밝은 미소를 머금은 채로 달려오고 있는 여인은 단아한 미인이었다. 그리 화려하진 않았지만 수수한 아름다움을 뽐내는 여인은 밝고 매력적이었다.

뒤통수를 세게 맞기라도 한 것처럼 충격적인 표정을 지은 채로 환야가 기겁했다.

"젠장! 대체 저런 여인이 왜 달치를 만나는 거야?"

누가 봐도 인정할 정도의 미인과 달치가 만난다는 사실을 알게 되자 두 사람은 괴로운 표정으로 머리를 쥐어뜯었다.

길거리에서 마주 보고 서 있는 두 사람을 바라보던 부의민이 힘 빠진 목소리로 물었다.

"어쩌지? 돌아갈까?"

궁금했던 달치가 만나는 여인의 얼굴을 확인했으니 몰래 뒤를 캤던 이유는 끝났다.

허나 환야는 고개를 저었다.

"아니, 이대로 패배감만 안은 채로 그냥 돌아갈 순 없지. 대체 저 녀석의 어디를 보고 빠졌는지 내가 오늘 반드시 확인하고야 만다."

말을 던진 환야가 부의민에게 시선을 돌렸다.

마치 넌 어쩔 거냐는 듯한 그 눈빛에 부의민 또한 강하게 고개를 끄덕였다.

환야의 말대로 이대로 물러서기엔 미련이 남았다.

그랬기에 두 사람은 기척을 감춘 채로 달치와, 그가 만난 여인이 움직이기를 기다렸다. 그리고 이내 길거리에 선 채로 조우했던 둘이 어딘가로 움직이기 시작했다.

환야와 부의민은 조심스레 그런 둘의 뒤를 쫓았다.

이내 달치와 여인은 커다란 객잔 안으로 들어섰고, 환야와 부의민은 죽립을 써서 얼굴을 가린 그 상태 그대로 뒤따라 안으로 들어섰다.

그러고는 달치가 잘 보이는 장소에 자리를 잡은 상황에서 자신들 쪽으로 다가온 점소이를 향해 환야가 짧게 말했다.

"소면 두 개 부탁합니다."

"예. 서둘러 준비해 드리죠."

객잔 내부로 들어오긴 했지만 둘은 여전히 죽립을 쓴 상태 그대로 자리하고 있었다. 달치에게 얼굴을 보이지 않기 위해서였다.

두 사람에게 소면이 날아든 지 얼마 지나지 않아, 달치와 여인이 자리하고 있는 탁자에도 많은 양의 음식들이 줄지어 나오고 있었다.

끝도 없이 쏟아져 나오는 음식들을 달치는 평소처럼 우

적거리며 먹어 댔다.

여인 또한 함께 식사를 하다 이내 배가 불렀는지 젓가락질을 멈추고는 턱을 괸 채로 달치를 보며 미소 짓고 있었다.

그런 여인의 눈빛에서는 숨길 수 없을 정도로 애정이 뚝뚝 떨어져 내렸다.

그 모습에 억지로 소면을 먹고 있던 환야가 젓가락을 놨다.

"으으, 화나서 소면이 코로 들어가는지 입으로 들어가는지 모르겠네."

동감한다는 듯 부의민 또한 고개를 끄덕였다.

둘은 식사를 끝내고 그냥 찻물만 홀짝이며 달치를 몰래 훔쳐봤다.

대체 어떤 매력으로 저런 여인의 마음을 훔쳤을까 하고 염탐하고 있거늘…….

먹는다. 그리고 또 먹는다.

끊임없이 먹기만 해 댔고, 그런 달치의 맞은편에서 여인은 계속해서 사랑스러운 눈빛으로 그를 응시하고 있을 뿐이었다.

별다른 말도 없이 먹기만 하는 달치의 모습을 훔쳐보던 중 부의민이 답답한 듯 말했다.

"먹기만 하잖아?"

"더 모르겠네. 대체 저런 놈이 뭐가 좋다고 저런 아리따운 여인이……."

이해가 안 간다는 듯 중얼거리던 환야는 갑자기 자리에서 일어나는 달치 때문에 움찔하고는 황급히 고개를 아래로 향했다.

다행히도 달치가 일어난 이유는 환야나 부의민을 알아차려서가 아닌 듯싶었다.

바깥으로 걸어 나가는 달치를 보고 더는 못 참겠다고 여겼는지 환야가 말했다.

"도저히 궁금해서 못 참겠다. 직접 가서 물어보자고."

"직접? 그러다가 달치가 돌아오면 어쩌려고?"

"그러니까 그 전에 서둘러야지. 따라와."

뭐라 대답도 하기 전에 환야가 움직이자, 결국 부의민 또한 어쩔 수 없다는 듯 뒤를 쫓을 수밖에 없었다.

순식간에 반대편에 위치해 있는 탁자까지 다가온 환야와 부의민으로 인해 자리에 앉아 있던 여인이 깜짝 놀랐다.

그녀가 두 사람을 바라보며 입을 열었다.

"누, 누구……."

"아아, 놀라지 마시고요. 달치 저 녀석하고 아는 사이입니다."

그들의 갑작스러운 등장에 잠시 놀란 표정을 지었던 여인은 이어지는 환야의 한마디에 반대편에 자리하고 있는 둘을 가만히 바라봤다.

잠시 둘을 응시하던 그녀는 이내 둘의 정체를 알아차렸다.

그제야 여인이 밝아진 얼굴로 말했다.

“아! 환야 대협과 부의민 대협이시군요.”

“저 녀석한테 저희 이야기를 들으셨나 봅니다.”

“그럼요. 그이가 얼마나 두 분 이야기를 많이 하시는데요.”

“그, 그이요?”

놀란 듯 되묻는 부의민의 말투에 여인은 스스로 생각해도 쑥스러웠는지 슬며시 웃으며 고개를 끄덕였다.

그런 여인의 모습에 환야가 속이 타는지 자신의 가슴을 주먹으로 두드리다가 물었다.

“거 물어 좀 봅시다. 대체 저 녀석 어디가 좋아서 만납니까?”

환야의 질문에 얼굴을 살짝 붉힌 여인이 자그마한 목소리로 대답했다.

“듬직하고 사내다워서요. 먹는 것도 복스럽게 드시는 게 딱 제 이상형이에요.”

"하! 저건 복스러운 게 아니라 그냥 단순히 먹성이 좋은……."

그때 뒤편을 힐끔 돌아봤던 부의민의 얼굴이 딱딱하게 굳었다.

그러고는 그가 다급히 환야의 옆구리를 팔꿈치로 찔러 댔다.

"야! 야야!"

"왜 인마. 지금 이 여인한테 달치가 얼마나 나쁜 녀석인지를 말해 줘야……."

말을 하던 환야는 자신의 뒤편에서 길게 드리워지는 그림자를 느끼고는 슬며시 입을 닫았다.

등 뒤에서 식은땀이 흘렀다.

환야의 시선이 서둘러 객잔에서 도망칠 수 있는 퇴로를 찾았다. 가장 먼저 들어온 것은 정면에 위치해 있는 커다란 창이었다.

비슷한 생각을 하고 있던 부의민 또한 창가를 바라보다 이내 환야와 나지막이 눈짓 교환을 끝냈다.

둘은 우선 이 자리를 피하고 보자는 생각에 동시에 저곳으로 도망칠 생각이었다.

환야와 부의민이 막 자리를 박차고 날아오르려는 그때였다.

덥석!

막 발로 땅을 밟으며 힘을 주려던 환야와 부의민의 옷깃을 움켜잡은 달치가 두 사람을 허공으로 들어 올렸다.

목 쪽의 옷깃을 잡힌 채로 허공에 둥둥 뜬 두 사람은 비참한 표정을 지어 보였다.

대롱대롱 매달린 둘은 흡사 모든 걸 체념한 듯 힘없이 고개를 떨궜다.

달치에게 잡혀 버린 이상 도망칠 수 없다는 걸 잘 알기에.

환야가 애써 고개를 돌려 달치의 얼굴을 보면서 어색하니 손을 들어 올렸다. 그러고는 자신을 바라보는 달치를 향해 환야가 최대한 태연하니 말했다.

"여어. 여긴 어쩐 일이야?"

"달치 다 들었다."

"뭐, 뭘?"

"두 사람 달치 질투한다."

"지, 질투는 무슨. 그냥 네가 만나고 다니는 분이 어떤 분인지 궁금해서 그런 거지. 하하."

열심히 떠들어 대는 환야를 보며 부의민은 그저 고개를 절레절레 저었다.

차라리 가만히 있으면 중간이라도 가련만…….

허나 되지도 않는 변명을 늘어놓는 환야를 지그시 바라보던 달치가 생각지도 못하게 고개를 끄덕였다. 평온해 보이는 표정에 환야의 표정이 한결 가벼워지는 그때였다.

달치가 끄덕이며 말했다.

"달치는 둘이 나 질투하는 거 이해한다. 환야랑 부의민 연애 못한다."

"으으! 이게!"

허공에서 대롱대롱거리면서 눈을 부라려 봤지만 그것이 무서워 보일 리가 만무한 상황.

그런 환야를 향해 달치가 선심 썼다는 듯 말을 이었다.

"원하면 달치가 둘한테 연애하는 방법 가르쳐 준다."

자신만만한 얼굴로 말하는 달치의 얼굴을 바라보는 환야가 울분을 삼키며 입을 열었다.

"……됐거든?"

분에 찬 환야의 말과 함께 오늘도 평화로운 하루가 지나가고 있었다.

12장. 종(終)

— 그것이 강호(江湖)이니까

"아저씨! 아저씨!"

나뭇가지 위에 누워 잠을 자고 있던 환야는 귀청을 울리는 소리에 지그시 눈을 떴다. 그는 졸린 눈을 비비며 성큼 몸을 일으켜 세웠다.

"하암."

긴 하품과 함께 환야는 목소리가 들려오는 아래쪽으로 시선을 돌렸다.

환야가 누워 있는 나뭇가지 바로 아래쪽에는 예닐곱 살 정도 되어 보이는 소년 하나가 손을 흔들고 있었다.

아주 어린 소년이었지만 그는 한 사내와 무척이나 닮아

있었다.

혁련휘, 바로 그였다.

소년을 확인한 환야가 나무 위에서 껑충 뛰어내려 가볍게 착지했다. 그러고는 이내 혁련휘를 빼다 박은 소년을 향해 히죽 웃으며 인사를 건넸다.

"대공자님 오셨습니까."

소년은 예상대로 혁련휘와 비설의 아들인 혁아윤(赫峨尹)이었다.

한때는 혁련휘의 직위였던 대공자라는 신분을 이어받은 혁아윤은 어릴 때의 그와 놀라울 정도로 닮아 있었다.

많은 부분에서 혁련휘와 닮았지만 딱 하나 다른 게 있었으니 그건 다름 아닌 성격이었다.

날카로운 혁련휘와 달리 혁아윤은 둥글둥글한 성격의 소유자였다.

환야가 궁금하다는 듯 물었다.

"어제 제가 가르쳐드린 건 어떻게 되셨습니까? 성공하셨습니까?"

혁련휘의 수하들 중 혁아윤을 가르치고 옆에서 돕는 건 대부분 환야가 하고 있는 중이었다.

덕분에 혁아윤에게 무공 훈련을 시키는 것 또한 환야의 몫이었다.

환야가 묻자 혁아윤이 자랑스레 말했다.

"당연하죠."

아직 꼬마인데도 불구하고 혁아윤은 엄청난 속도로 무공을 습득해 갔다. 그렇지만 그러한 사실에 환야는 굳이 놀라지 않았다.

이 아이의 부모는 다름 아닌 혁련휘와 비설이었으니까. 정사를 대표하는 그 두 괴물들의 피를 이어받았는데 이 정도 재능이야 뭐 있을 법도 하다는 생각이 들었다.

말을 주고받던 환야가 문득 하늘을 올려다보고는 말했다.

"그런데 벌써 무공 훈련하실 시간은 아닌 것 같은데 어쩐 일로 이리 일찍 오셨습니까?"

"아, 아버지가 반 시진 정도 후에 다들 모이라고 하셨거든요. 아저씨한테는 제가 직접 전하겠다고 온 거예요."

"대장께서요?"

되묻는 환야를 향해 혁아윤이 고개를 끄덕였다.

그러고는 이내 몸을 휙 돌리고는 빠른 걸음으로 달려가며 소리쳤다.

"전했으니까 전 다시 가 볼게요, 아저씨. 이따 봐요!"

말과 함께 순식간에 멀어져 가는 혁아윤의 뒷모습을 바라보던 환야가 가볍게 한숨을 내쉬었다.

"어휴. 생긴 건 아버지를 빼다 박았는데, 성격은 아주 자기 모친이랑 판박이네 판박이."

볼 때마다 빠짐없이 아저씨라는 말을 내뱉어 대는 모습이 오래전 비설의 모습을 보는 것만 같았다.

사라지는 혁아윤을 보고 있던 환야는 슬그머니 나무에 기댔다.

시원한 바람이 그의 얼굴을 스치고 지나갔다.

다시금 하늘을 올려다본 환야가 슬쩍 웃으며 중얼거렸다.

"시간 참 빠르네."

신도율과의 피비린내 나던 싸움이 끝난 지 어느덧 십여 년에 가까운 시간이 지났다.

시간이 흐른다는 건 사람에게 많은 걸 잊게 한다.

허나 점점 잊혀만 가는 기억 속에서도 분명 변하지 않는 건 있다.

환야는 오래전부터 마교 외성의 일부 지역에 커다란 고아원을 지어 운영하고 있었다.

신도율로 인해 부모를 잃고 갈 곳을 잃은 아이들을 거두기 위해서였다. 물론 그 이후에도 사정이 있는 아이들을 최대한 거두며 그들의 뒷바라지를 해 주고 있었다.

거기다 그저 단순히 무작정 키워 주는 것만이 아니라 각자의 재능을 찾아 주려 애썼고, 그로 인해 나중에 나이를 먹어서는 스스로의 길을 찾을 수 있도록 도왔다.

덕분에 일부는 좋은 스승 아래로 들어가 마교의 무인이 되기도 했고, 또 상인이 된 이도, 글공부를 하는 서생이 된 아이도 있었다.

마교 최대 규모의 고아원이자 많은 인재들을 배출해 내는 그곳의 이름은 바로 영인관이었다.

죽은 누이인 유영인의 이름을 본떠서 만든 이름이자, 그녀의 의지를 잇는 곳이기도 했다.

유영인이 이루지 못했던, 아이들을 위한 세상까지는 아니더라도, 환야 나름대로 그녀가 꿈꿔 왔던 세상을 만들기 위해 한 발씩 나아가고 있는 것이었다.

팔짱을 낀 채로 나무에 기대어 있던 환야가 슬그머니 자리에서 일어났다.

그가 엉덩이에 묻은 흙을 툭툭 털어 내고는 혁련휘의 부름에 응하기 위해 움직였다.

그렇게 목적지를 향해 나아가던 환야의 눈에 반가운 이의 얼굴이 들어왔다.

멀리에서 터덜터덜 걷고 있는 부의민을 발견한 것이다. 환야가 손을 들어 올리며 그를 맞았다.

"부의민!"

힘없이 걷고 있던 부의민이 버럭 소리를 내지르는 환야의 목소리에 퍼뜩 정신을 차리고는 고개를 돌렸다. 그렇지만 그의 얼굴을 본 환야는 경악스러운 표정을 지으며 다가왔다.

가까이 다가선 환야가 물었다.

"얼굴이 왜 이래?"

"야, 말도 마라. 어제도 못 잤다니까."

눈 밑에 거뭇거뭇한 그늘이 졌을 정도로 부의민의 얼굴은 피곤함이 가득했다.

최근 새외 세력들이 조금씩 수상한 움직임을 보이기 시작하면서 군룡회의 회주인 부의민은 해야 할 일이 산더미처럼 늘어나 있는 상황이었다.

고생으로 한층 더 늙어 보이는 그를 보며 환야가 장난스럽게 말했다.

"너 이러다가 진짜로 장가 못 간다?"

"뭐? 정말 그 정도야?"

부의민은 자신의 얼굴을 매만지며 울상을 지어 보였다.

그러고는 이내 긴 한숨과 함께 말을 이었다.

"집에 계신 우리 모친께서는 언제 장가갈 거냐고 나를 볼 때마다 들들 볶는다니까. 이러니 내가 집에 들어갈 수가 있나."

특유의 투덜거림을 내뱉는 부의민을 보며 환야가 키득거렸다.

그렇게 나란히 걸어가던 두 사람이 거의 목적지에 도달했을 무렵. 멀리에서 보아도 알 수 있는 거구의 사내 한 명이 눈에 들어왔다.

달치가 혁아윤에게 목말을 태워 주며 덩실덩실 춤을 추고 있었다. 그런 그를 보며 환야와 부의민은 약속이라도 한 듯이 피식 웃었다.

부의민이 웃으며 중얼거렸다.

"덩치는 산만 해 가지고."

여전히 순수하기만 한 달치의 모습, 허나 그런 그가 환야나 부의민도 가지 못한 장가를 갔다는 사실을 생각하면 기가 찰 노릇이다.

아무것도 모른다는 저 얼굴로 가장 먼저 장가를 가다니…….

신나게 놀고 있는 달치의 인근까지 도달하자, 음식 냄새가 코를 찔렀다.

그리고 이내 들어온 모습.

커다란 나무 아래에는 하나의 탁자와 사람 숫자에 맞춘 의자들이 준비되어 있었고, 그 의자에는 너무도 익숙한 두 사람이 자리하고 있었다.

혁련휘와 비설이었다.

그 두 사람은 나무 아래에 마련된 그 자리에 앉아 이들을 기다리는 중이었다.

한자리에 모인 다섯 명의 이들.

십 년이라는 시간이 흘렀음에도 불구하고 다섯 명 모두가 외관적으로 크게 변한 게 없었다.

이들 모두 뛰어난 무인이었기에 가능한 일이었다.

비설이 먼저 반갑게 손을 들어 올려 두 사람을 맞는 그 순간 혁련휘가 미간을 찡그리며 말했다.

"왜 이렇게 늦어?"

"죄송합니다, 대장. 이 녀석이 하도 늦장을 펴서요."

"야! 내가 언제?"

먼저 선수를 치는 환야를 보며 부의민이 억울하다는 듯 버럭 소리쳤다.

허나 환야는 그가 더 말을 이어가지 못하도록 재빠르게 화제를 전환했다.

"그런데 갑자기 왜 부르신 겁니까?"

"왜는. 그냥 날씨도 좋고 해서 다들 모여서 식사나 한 끼 하자고 해서 부른 거지. 전해야 할 말도 하나 있고."

"전하실 말씀이요?"

"그건 우선 식사부터 하고 나서 이야기하지."

"아, 예. 그러죠."

뭔지는 몰라도 우선 식사부터 하자는 혁련휘의 말에 환야는 빈자리에 와서 앉았다. 그리고 그런 그의 뒤에서 구시렁거리며 다가온 부의민 또한 자리했다.

두 사람이 의자에 앉자 비설은 아직까지 근처에서 놀고 있는 두 사람을 불렀다.

"달치 아저씨! 윤아! 와서 식사들 해요."

식사를 하라는 말에 달치가 혁아윤을 목에 태운 채로 허겁지겁 달려왔다.

그러고는 이내 조심스레 그를 내리고는 곧바로 탁자에 자리했다.

달치가 씩 웃으며 입을 열었다.

"달치 배고프다."

"많이 차려 놨으니 걱정 마세요, 아저씨."

비설의 말처럼 탁자 위에 가득 채운 음식들을 보며 달치는 행복한 표정을 지어 보였다. 그런 달치를 바라보던 혁련휘가 짧게 말했다.

"식사들 하지."

기다렸다는 듯 달치가 허겁지겁 음식을 먹기 시작했다.

그리고 이내 이어지기 시작한 이들의 수다들이 주변을 시끌벅적하게 만든다.

십 년이라는 긴 시간이 흐른 지금에도 이 자리에 모인 다섯은 변한 게 없었다.

비단 외모뿐만이 아니다.

함께 웃고, 다 같이 식사하며 뭐가 그리도 재미있는지 쉼 없이 오고 가는 대화들까지.

그 긴 시간조차 이들에겐 아무런 것도 아니었다는 듯 한결같은 모습이다.

그나마 달라진 것이라면 비설을 부르는 이들의 호칭 정도랄까?

그녀가 부의민의 얼굴을 보며 입을 열었다.

"아저씨, 피부가 확 가셨는데요?"

"……하, 하하. 신경 쓰겠습니다, 마후님."

누가 시킨 일 때문에 야근을 하다 이리된 건지는 아냐는 말을 억지로 삼킨 채 부의민은 속으로 부득부득 이를 갈았다.

마후가 된 이후로 비설의 장난에도 계속 당해야만 하는 입장이다 보니 부의민은 죽을 지경이었다.

물론 그건 부의민뿐만이 아니라 환야도 마찬가지였지만.

웃음이 끊이지 않던 식사 자리도 점점 시간이 지나자 마무리되는 분위기였다.

유독 먹성이 좋은 달치만이 계속 식사를 이어 갔고, 나머지는 슬슬 배가 불렀는지 젓가락을 내려놓았다.

그리고 가장 먼저 혁아윤이 자리를 박차고 일어났다.

식사를 끝내기 무섭게 놀겠다며 그늘 바깥으로 뛰쳐나가는 혁아윤을 보며 환야가 혀를 내둘렀다.

"어려서 그런지 대공자님은 힘이 넘치십니다."

햇볕 아래에서 혼자 뛰고 있는 혁아윤을 향해 환야가 중얼거리는 그때였다. 그런 그를 바라보던 혁련휘가 천천히 입을 열었다.

"뭐해?"

"……예?"

"나가서 같이 안 놀아 주고 뭐하냐고."

혁련휘의 그 말에 움찔한 환야의 시선이 평상시 혁아윤과 자주 놀아 주던 달치에게로 향했다. 그렇지만 달치는 아직도 식사 중이었기에 자신을 대신하여 나가서 놀아 주라 말하기가 애매했다.

자연스레 환야의 시선이 비설에게로 움직였다.

그러고는 그가 슬그머니 입을 열었다.

"저 말고 언제나 기운 넘치시는 마후님께서……."

"설이는 무리하면 안 돼."

딱 잘라 말하는 혁련휘의 모습에 환야는 움찔했다. 뭐 그냥 넘기려고 하면 그럴 수도 있긴 했지만 그가 내뱉은 말이 뭔가 묘하게 들린 탓이다.

눈치 빠른 환야가 뭔가를 알아차렸다.

그가 놀란 듯 눈을 크게 치켜뜨고 물었다.

"설마……?"

말을 꺼냄과 동시에 비설의 배를 바라보는 환야의 모습에 혁련휘가 순순히 대답했다.

"맞아. 둘째를 가졌다는군."

"에엑? 하나도 티가 안 나는데요?"

평소와 다를 것 하나 없어 보이는 비설의 모습을 살피며 환야가 중얼거리자 혁련휘가 짧게 답했다.

"아직 초기니까. 나도 어제 알았다."

사실 이 자리를 만든 것 자체가 비설이 둘째를 가졌다는 걸 알리기 위함이었다.

그리고 환야와 마찬가지로 놀란 얼굴로 앉아 있던 부의민이 퍼뜩 정신을 차리고는 밝은 얼굴로 두 사람을 축하했다.

"두 분 모두 감축드립니다."

"고마워요, 아저씨."

비설이 쑥스럽게 웃었다.

임신은 분명 축하할 일이었다.

그렇지만 그로 인해 핑곗거리를 잃어버린 환야는 울상을

한 채로 햇볕 아래로 걸어 나갔다.

그런 그를 보며 부의민이 소리 내서 웃었다.

"큭큭, 고생 꽤나 하겠네."

재미있다는 듯 보고 있는 부의민을 향해 혁련휘가 입을 열었다.

"부의민."

"예?"

"넌 뭐해?"

혁련휘의 그 한마디에 부의민은 움찔했다.

그러고는 이내 자신을 가리키며 조심스레 입을 열었다.

"……저도요?"

"응, 너도 나가서 놀아 줘."

뭔가 억울한 표정을 잔뜩 짓고 있던 부의민이었지만 결국 그 또한 자리에서 일어날 수밖에 없었다.

수다스러운 두 사람이 혁아윤과 함께 양지에서 놀기 시작하자 그늘 아래는 조용해졌다. 그나마 식사를 하는 달치의 소리만이 들리던 이곳에서 마침내 그도 젓가락을 내려놓았다.

달치는 부풀어 오른 자신의 배를 두드리며 히죽 웃었다.

"달치 배부르다."

식사를 끝낸 달치의 시선이 자연스레 뛰놀고 있는 이들

에게로 향했다. 그리고 이내 달치가 자리를 박차고 일어났다.

"달치도 같이 논다!"

말을 마친 그가 순식간에 그들이 있는 쪽으로 달려가기 시작했다. 위협적으로 달려오는 달치에게 놀라 기겁하는 환야와 부의민을 보며 비설이 가볍게 웃음을 흘렸다.

"풋!"

웃음소리에 혁련휘는 자신의 옆에 있는 그녀에게 시선을 돌렸다.

그런 혁련휘의 시선을 느껴서일까?

비설이 슬쩍 고개를 돌려 자신을 향한 혁련휘의 눈빛을 마주했다. 그러고는 이내 그를 바라보며 비설이 살며시 눈웃음을 지었다.

그러던 그녀가 문득 생각났다는 듯 물었다.

"아 참! 아들이 좋겠어요, 딸이 좋겠어요?"

물어 오는 비설의 질문에 혁련휘는 긴 고민도 하지 않고 답했다.

"딸이 좋겠군."

마치 기다렸다는 듯 터져 나오는 혁련휘의 대답에 비설이 놀란 듯 눈을 동그랗게 뜨고 물었다.

"그래요? 평소엔 딸 가지고 싶다는 말은 안 하셨잖아

요.”

비설의 질문에 혁련휘는 앞에서 떠들며 놀고 있는 세 명의 동료들과, 혁아윤을 잠시 바라보다 천천히 대답했다.

“……그냥 설이 너를 닮은 아이가 하나 있으면 좋겠구나 싶어서.”

혁련휘의 그 말에 비설이 쑥스럽다는 듯 얼굴을 붉혔다.

“에이, 당신도.”

형님이라는 호칭 대신 나오는 당신이라는 말이 귀에 익는 지금. 겉보기엔 모두가 그대로였지만 세월이 흘렀다는 증거이리라.

그때 뛰어놀던 쪽에서 커다란 소란이 일기 시작했다. 한 마리의 벌레로부터 시작된 일이었다.

날아드는 벌레에 기겁한 달치가 소리를 내질렀다.

“으아아! 달치는 벌레 싫다!”

벌레가 싫다며 옆에 있는 장정의 두 배 정도 됨직한 나무를 뿌리째 뽑아 들고 흔들어 대는 달치의 모습에 환야와 부의민이 기겁하고 혁아윤을 보호했다.

그가 휘둘러 대는 나무에서 오히려 더 많은 벌레들이 쏟아져 나오고 있었다.

위위위윙!

환야가 그 와중에 달치에게 소리쳤다.

"야! 이 학습 능력이라곤 눈곱만큼도 없는 멍청한 자식아! 벌레는 그냥 제발 손으로 좀 쫓으라고!"

혁아윤을 안은 채로 날뛰는 환야와 부의민을 바라보며 혁련휘와 비설은 어처구니없다는 듯 웃음을 흘렸다.

그러고는 이내 서로를 바라본 두 사람은 다시금 슬며시 미소 지었다.

서로를 바라보며 미소 짓고 있던 비설이 말없이 가슴팍에 기대어 오자, 혁련휘는 손으로 그런 그녀의 어깨를 감싸 안았다.

바야흐로 평화의 시대.

하지만 과연 이 평화가 언제까지 지속될까?

어쩌면 혁련휘와 비설이 사라지는 날 정파와 사파 간의 평화 또한 끝이 날지도 모르겠다.

하지만…… 상관없다.

정과 사는 언제나처럼 서로 싸우고, 때론 공존하며 이 세상을 만들어 갈 테니까.

그리고 그곳에는 얼굴도, 이름도 성격조차 다른 또 다른 혁련휘와 비설 같은 이들이 태어날 것이다.

그런 그들이 만들어 갈 또 다른 세상.

이 모든 게 돌고 도는 것.

그것이 바로 강호이자, 무림이니까.

걱정 따윈 하지 않는다.

적어도 지금 이 순간만큼은…… 강호를 살아가는 건 우리이니까.

말없이 서로에게 기대어 있던 도중 혁련휘가 천천히 자리에서 일어났다. 그가 아직까지도 날뛰는 달치를 바라보며 입을 열었다.

"아무래도 직접 가서 말려야겠군."

말을 마친 혁련휘가 앞으로 몇 걸음 걸어 나갔고, 자리에 앉아 있던 비설이 그런 그의 넓은 등을 바라만 보고 있을 때였다.

양지에 선 혁련휘가 고개를 돌려 비설을 바라봤다.

그가 손을 내밀며 입을 열었다.

"뭐해? 어서 안 오고."

자신을 향해 뻗어져 있는 혁련휘의 손을 물끄러미 바라보던 비설이 이내 미소를 머금었다.

그녀의 손이, 혁련휘의 손바닥 위에 포개졌다.

손을 꽉 쥔 채로 자리에서 일어난 비설이 씩씩하게 말했다.

"그럼 가 볼까요?"

말을 마친 두 사람은 손을 맞잡은 채로 동료들이 있는 따사로운 햇살 아래로 걸어 들어갔다.

그리고 하늘 위를 빙글빙글 맴돌던 흑풍이 그런 그들의 소란스러움에 커다란 울음소리를 토해 냈다.

"끼이이익! 끼익!"

햇살이 참으로 좋은 날이었다.

〈완결〉

DREAMBOOKS★

DREAMBOOKS★

DREAMBOOKS★

DREAMBOOKS★